TERAPIAS DE Casais

UMA VISÃO CRISTÃ DO CASAMENTO

Editora Appris Ltda.
1.ª Edição - Copyright© 2022 dos autores
Direitos de Edição Reservados à Editora Appris Ltda.

Nenhuma parte desta obra poderá ser utilizada indevidamente, sem estar de acordo com a Lei nº 9.610/98. Se incorreções forem encontradas, serão de exclusiva responsabilidade de seus organizadores. Foi realizado o Depósito Legal na Fundação Biblioteca Nacional, de acordo com as Leis nos 10.994, de 14/12/2004, e 12.192, de 14/01/2010.

Catalogação na Fonte
Elaborado por: Josefina A. S. Guedes
Bibliotecária CRB 9/870

P659t
2022
	Pinto, Ângelo Máximo Rodrigues
	    Terapias de casais uma visão cristã do casamento / Ângelo Máximo Rodrigues Pinto, Lívia Rodrigues. - 1. ed. – Curitiba: Appris, 2022.
	    123 p. ; 21 cm.
	
	    Inclui bibliografia.
	    ISBN 978-65-250-2706-7
	
	    1. Casamento. 2. Amor. 3. Sexo. I. Nonato, Pastor. II. Título. III. Série.
	
	    CDD – 265.5

Appris editora

Editora e Livraria Appris Ltda.
Av. Manoel Ribas, 2265 – Mercês
Curitiba/PR – CEP: 80810-002
Tel. (41) 3156 - 4731
www.editoraappris.com.br

Printed in Brazil
Impresso no Brasil

Pr. Ângelo Máximo Rodrigues Pinto
Pra. Lívia Rodrigues

TERAPIAS DE Casais
UMA VISÃO CRISTÃ DO CASAMENTO

FICHA TÉCNICA

EDITORIAL	Augusto V. de A. Coelho
	Marli Caetano
	Sara C. de Andrade Coelho
COMITÊ EDITORIAL	Andréa Barbosa Gouveia (UFPR)
	Jacques de Lima Ferreira (UP)
	Marilda Aparecida Behrens (PUCPR)
	Ana El Achkar (UNIVERSO/RJ)
	Conrado Moreira Mendes (PUC-MG)
	Eliete Correia dos Santos (UEPB)
	Fabiano Santos (UERJ/IESP)
	Francinete Fernandes de Sousa (UEPB)
	Francisco Carlos Duarte (PUCPR)
	Francisco de Assis (Fiam-Faam, SP, Brasil)
	Juliana Reichert Assunção Tonelli (UEL)
	Maria Aparecida Barbosa (USP)
	Maria Helena Zamora (PUC-Rio)
	Maria Margarida de Andrade (Umack)
	Roque Ismael da Costa Güllich (UFFS)
	Toni Reis (UFPR)
	Valdomiro de Oliveira (UFPR)
	Valério Brusamolin (IFPR)
SUPERVISOR DE PRODUÇÃO	Renata Cristina Lopes Miccelli
REVISÃO	Katine Walmrath
PRODUÇÃO EDITORIAL	Isabela Calegari
DIAGRAMAÇÃO	Bruno Ferreira Nascimento
REVISÃO DE PROVA	Bianca Silva Semeguini
CAPA	Eneo Lage
COMUNICAÇÃO	Carlos Eduardo Pereira
	Karla Pipolo Olegário
	Kananda Maria Costa Ferreira
	Cristiane Santos Gomes
LANÇAMENTOS E EVENTOS	Sara B. Santos Ribeiro Alves
LIVRARIAS	Estevão Misael
	Mateus Mariano Bandeira
GERÊNCIA DE FINANÇAS	Selma Maria Fernandes do Valle

Dedico este trabalho a toda equipe do Ministério Casal Feliz, que durante todos esses anos vem se dedicando e dando o melhor de si para cuidar de casais e restaurar casamentos, sem o empenho desse ministério não teríamos o resultado que temos hoje.

Quando se reúne uma equipe competente é quase certo que os frutos valerão a pena ser colhidos. Mas vocês superaram todas as expectativas e foram ainda mais longe que o previsto.

É um orgulho estar ao lado de casais tão apaixonados e dedicados. Competência e empenho são, talvez, as melhores palavras que descrevem cada um de vocês.

AGRADECIMENTOS

Primeiramente, queremos agradecer a Deus por nos mover a trabalhar com casais; sem a direção DELE, não estaríamos hoje onde estamos. Também ficamos extremamente gratos por alguns cassais que têm nos ajudado de um modo especial até agora, para que o nosso ministério permaneça crescendo, expandindo-se e sobrevivendo às dificuldades. Queremos tornar pública a nossa gratidão a eles e honrá-los. Aos nossos discipuladores, que sempre nos apoiaram, Pr. Nonato Cunha (*in memoriam*) e Pr.ª Raquel Mello, e aos nossos discípulos que estão conosco com muita dedicação e fidelidade desde o início: Marksoel Ribeiro e Ivanilde Ribeiro, Josuel Martins e Ariane Martins. Aos nossos queridos irmãos e amigos, Marcos Veras e Ceiça Veras, Dorival Sousa e Mônica Augusta. À equipe de ornamentação mais *top* do universo, Márcia Fernanda, Gleysa Carvalho, Djane Galvão, Wanderline e Elen Batalha.

À minha querida mãe, Raimunda Rodrigues, por suas orações e até mesmo pelos textos e conselhos e por sua experiência de vida. Todas as palavras citadas aqui não são suficientes, nem os meus sentimentos; só o Senhor poderá recompensar a todos. A Lívia Maria, a minha amada esposa, incentivadora e parceira de todas as horas, que mais do que ninguém me abençoou desde o início, com muitas ideias e motivação. Mais que uma ajudadora, você é uma inspiração para mim! Mais que uma companheira, você tem parte nisso tudo, e o galardão celestial refletirá isso. Aos nossos queridos filhos, Gabriel Jacinto e Levi Jacinto, por demonstrarem compreensão e paciência em saber esperar quando chegávamos tarde. Vocês participarão da mesma recompensa! Eu amo vocês e sou grato a Deus, a cada novo dia, por ter nos presenteado com vocês.

APRESENTAÇÃO

Com alegria e gratidão, apresento este lindo projeto, que nasceu primeiro no coração de Deus, e foi colocado por Ele no coração do meu esposo, Pr. Ângelo Máximo.

Em 2012, começamos a trabalhar com casais em nossa amada Igreja Batista Novo Alvorecer, com ajuda e bênção dos nossos amados pastores Nonato Cunha (*in memoriam*) e Raquel Melo. Desde então não paramos mais, antes eram apenas programações esporádicas (no máximo duas programações por ano).

Em 2018, iniciamos com o projeto Terapia de Casais, que hoje se torna esta linda obra. Começamos abordando e usando temas bem criativos, para mostrar de forma impactante como melhorar e aprimorar o relacionamento conjugal a cada dia. Iniciamos com a UTI do amor, Enfermaria, um curativo de amor, Amor no divã, Cicatrizes, marcas que o amor apaga e por último Alta da Paixão. A cada programação, éramos surpreendidos pelos resultados, a interação e participação dos casais. Era gerada sempre uma expectativa para a próxima programação e deixávamos um gostinho de quero mais.

Foi um tempo marcante, um novo ciclo no ministério de casais da nossa igreja. Saímos das programações esporádicas para programações mensais que fortaleceram e ajudaram muitos casais.

Somos gratos pelo Ministério Casal Feliz pelo empenho para a publicação desta obra.

Lívia Rodrigues
Líder do Ministério Casal Feliz

PREFÁCIO

Que honra prefaciar este livro dos nossos queridos amigos Pr. Ângelo e Lívia; temos o privilégio de chamá-los não somente de pastores, mas também de amigos, companheiros; tivemos a oportunidade em servir a JESUS, em vários encontros de casais aqui em Fortaleza/CE; são bênçãos em nossas vidas.

O desafio de viver um casamento em aliança com Deus em seus propósitos que atravesse os vários momentos do ciclo vital, a motivação de se conhecer melhor como se forma um par amoroso, a curiosidade de se perceber os modelos e heranças de relacionamento que recebemos de nossas famílias de origem ao lado da compreensão da transformação de valores sociais na sociedade como um todo são questões que permeiam o cotidiano de todas as famílias e casais e dos profissionais/cristãos que se dedicam a estudar, pesquisar e trabalhar com relacionamentos de casais.

Com essa motivação, estudamos princípios na Bíblia que nos ajudarão a mantermos essa aliança feita com o Senhor, a partir de pesquisas, estudos e formação em Terapia Familiar e alguns casais que reuniram em equipe para apresentarem sua experiência. Uma reflexão sobre questões fundamentais como a bagagem que cada um traz para a viagem da parceria, os aspectos transformadores e aqueles conservadores que permeiam a instituição do casamento, os mitos que envolvem o papel do homem e da mulher na constituição do par, a diferença de opiniões entre os cônjuges, os valores sociais e religiosos em mudança, a capacidade do casal de tolerar a intimidade um com o outro no dia a dia e no crescimento no propósito designado por Deus.

Acima de tudo, porém, revistam-se do amor, que é o elo perfeito. Que a paz de Cristo seja o juiz em seu coração, visto que vocês foram chamados para viver em paz, como membros de um só corpo. E sejam agradecidos (Colossenses 3:14-15).

A nossa esperança é que vocês leiam e reflitam a respeito das verdades contidas nestas páginas com o entendimento estabelecido pelo Espírito Santo.

Amém.

Maurício e Cris
ECC Encontro de Casais com Cristo da PAZ Church/Fortaleza

SUMÁRIO

INTRODUÇÃO..15

Capítulo 1
NA UTI DO AMOR..20
    O casal deve decidir junto...........................32
    Saiam da rotina 34
    Sinais do esfriamento...............................35

Capítulo 2
NA ENFERMARIA 38
    Carinho, o curativo de amor 49
    Romantismo, o curativo perfeito no casamento 50
    Felizes para sempre 53

Capítulo 3
CICATRIZES...54
    Lembranças que não causam mais dor 57
    Marcas que o amor apaga 65
    Saiba ouvir...69

Capítulo 4
O AMOR NO DIVÃ 70
- Uma só carne 78
- Não gosto de sexo 80

ENTRE QUATRO PAREDES 90
- Sexo anal...92
- Sexo oral..95
- Produtos eróticos 97

BOAS VERDADES 99
- Conselhos práticos 101
- A arte de permanecer casados 102

Capítulo 5
ALTA DA PAIXÃO 104
- Sorriam sempre 113
- Depoimentos...................................... 114

INTRODUÇÃO

Tratar com casais a vida conjugal não é algo que surge da noite para o dia, ou simplesmente alguém acordar um dia com o céu de bronze e resolver ajudar outros a deixar seu céu azul. Trabalhar com casais não surge na ideia de uma hora para outra, chegar e olhar para o céu e resolver, "a partir de hoje, vou tratar do céu dos casais, vamos tirar o bronze e tornar tudo azul". É como ser um médico ou um bom advogado, esses profissionais não despertam de uma noite e pela manhã resolvem ser um bom médico, um excelente advogado. Tudo depende de experiências, vocação, estudos de caso, sendo advogado, da jurisprudência, e dedicação.

Na vida é assim, tudo depende de uma experiência, ter uma vocação e ser apaixonado pelo que faz, saber ouvir, ter um coração ensinável, cultivar a paciência e ter um coração que seja capaz de perdoar, apesar das circunstâncias. E, para tratar com casais, a pessoa precisa de mais uma coisa, ser apaixonado por sua mulher, educado e muito prestativo, se for um homem; e quando for mulher, além da paixão pelo marido, das mesmas qualidades, ela precisa também ser submissa.

Antes de sermos pastores de uma igreja, sempre fomos envolvidos em programações voltadas para casais, era algo que sempre batia forte em nosso coração. E algo curioso sempre ocorria quando terminávamos uma programação em nossa igreja local. Por vezes as mulheres perguntavam, porque vocês não fazem uma programação para motivar os maridos a serem como antes? Românticos, atenciosos e gostarem de passear? Também surgiam os comentários, "eu acho lindo o jeito de vocês, como você trata sua esposa, queria tanto que meu casamento também fosse assim".

Depois de muito nos abordarem com o mesmo tema, começamos a estudar o assunto, passamos a fazer visitas para casais em crise conjugal, e pelo fato de parecermos um casal jovem, sempre éramos procurados pelos recém-casados da igreja para resolvermos conflitos. Ficávamos surpresos por serem tão jovens, recém-casados, e muitas vezes com conflitos ínfimos e sem importância que poderiam ser resolvidos apenas com uma conversa ou um pouco de atenção. Poucas vezes fomos abordados por casais da mesma idade ou com mais tempo de casados do que tínhamos na época.

Passamos a verificar e tratar o assunto com muita atenção, pois sempre se repetia na vida conjugal; antes de casar, eles faziam tudo juntos, eram românticos, parceiros e tinham tudo para viverem felizes para sempre; mas, depois do casamento, com algum tempo de convivência, tudo mudava, o romantismo acabava e a paciência desaparecia, todo o carinho e companheirismo construídos há anos durante o namoro chegavam num estado de falência nos primeiros anos de casados, que devem ser os anos dourados de todo relacionamento.

Começamos a nos despertar e nos perguntar, por que isso aconteceu? Como aconteceu? Quando começou? Eram situações que nos deixavam surpresos com tamanha rapidez com que aconteciam para levar à falência de um casamento. Para um casamento se desfazer, nada acontece de um dia para outro, mas a falta de diálogo e transparência deixa os casais cegos e mudos. Para quem está de fora e ainda não consegue perceber os sinais do divórcio, tudo pode ser como de uma hora para outra, éramos limitados com essa visão de vida a dois.

Mas éramos também inexperientes, em muitos aspectos: como resolver conflitos que não tínhamos no casamento? Como ajudar os recém-casados e os casados há muito tempo e com muito mais experiência de vida conjugal? Procuramos literaturas, que falassem a respeito de casamento, fomos muito abençoados por nossos pais espirituais, Pr. Nonato (neste ano nos deixou uma saudade sem fim, agora está com o Pai Celestial na sua morada eterna) e Pra. Raquel, que nos levaram a participar de Encontros de Casais com Cristo (ECC), promovido na época pela Igreja da PAZ em Fortaleza, CE. Depois desse evento, nos sentimos muito mais atraídos e chamados para cuidar de casais, passamos a trabalhar todos os anos nesse grande evento, sempre levando casais para serem abençoados também, queríamos que todos os casais sentissem a mesma sensação que sentimos na primeira vez que fomos ao ECC, algo inexplicável, mas que nos motivava a cada dia a sermos muito mais apaixonados um pelo outro.

Isso nos despertou para fazer algo mais e, além de levar casais para o ECC, também ajudar os que não poderiam ir. Foi quando ganhamos de presente um livro, *As 5 linguagens do amor* (Gary Chapman), que foi como uma bússola para nosso sonho. Passamos a investir mais em nosso chamado, com mais dedicação e disposição para cuidar dos casais em estado terminal de seu casamento, muitos já na UTI do relacionamento, em que a separação já havia acontecido, outros com muitas cicatrizes, mas, com muito cuidado, tudo foi tratado.

Um dia eu estava em uma conferência em São Luís, MA, quando ouvi do Pr. Josué Gonçalves, que ministrava naquela noite, uma frase que me fez voltar ao passado: "o que te INSPIRA?". Naquele 6 de setembro de 2019, eu vi passar um flecha de toda a minha vida antes de casar-se. Naquele exato momento, eu lembrei do meu pai já falecido, ele foi um homem que me inspirou, e o que vivo hoje no casamento é graças a ele, que me mostrou, durante a sua vida conjugal, como não tratar minha parceira, como não ser um marido e como não deixar de ouvir minha esposa, falaremos disso tudo no decorrer do livro.

Tudo que vivemos hoje é o resultado do que semeamos no passado, essa é a lei, o que plantamos colhemos, em tudo vivemos esse princípio, até mesmo no casamento. Oséias 8:7 diz: "Eles semeiam vento e colhem tempestade..."; isso tem relação direta com o casamento, um casal que semeia gentileza, declarações de amor e muito carinho nunca vai colher tempestade. Lamentações 3:39b também diz: "Queixe-se cada um dos seus pecados". O homem que não dá presentes, não elogia sua mulher, não a trata com todo o carinho e atenção, sempre viverá à sombra das tempestades e ventos fortes no casamento. Por trás de todo casamento abençoado, há sempre uma semeadura de qualidade, por isso o homem que deseja ter um casamento com colheitas abundantes deve sempre semear uma boa semente, uma noite em um bom restaurante é uma semente de qualidade, reservar um dinheiro para a mulher ir ao salão é uma ótima semente, comprar um presente ou buquê de flores são sementes de muita qualidade para uma colheita abundante. Mas também a mulher deve se preparar, se arrumar, andar cheirosa, pois de nada adianta uma semente de qualidade se a terra não estiver limpa e bem preparada para receber, uma boa terra é cheirosa, e bem vista aos olhos.

Terapia de casais é uma proposta para mudança de comportamento conjugal, uma abordagem direta para curar e fechar todas as feridas da alma, todo rancor do coração, que mostram às claras que muitas vezes no casamento o casal está em uma UTI, na sala de enfermaria, com as feridas abertas, mas tudo permanece em silêncio, ninguém gritando por socorro, pedindo ajuda para sair do coma, do lamentável estado de dor e sofrimento que não para, muitos permanecem por anos ou até a morte, com uma doença no relacionamento que eu chamo de "mucegueira" conjugal (*como um morcego que voa para todo lado, não enxerga nada, escuta tudo e fica calado*). Nós identificamos essa doença com os principais sintomas: relacionamento mudo ou monossilábico, casamento cego para o amor, sem entrosamento, falta de perdão e sentimentos de inferioridade. Trazemos neste conteúdo uma abordagem simples e dinâmica, permitindo-nos uma percepção de que há um plano de Deus para cada um, e que cabe a nós decidir amar e perdoar.

Eu creio que escrever este livro é a confirmação de um chamado, um grito de liberdade para a vida conjugal que está livre das garras do pecado, do engano, do silêncio e da falta de perdão. Muitos de nossos traumas já superados abordamos aqui, com a tentativa de mostrar que não precisamos viver as decepções para aprender a acertar, mas que podemos aprender com os erros dos outros para não cairmos no mesmo erro. Nós oramos para que todos obtenham de Deus instrução e entendimento das nossas tolices e decepções e que vocês venham a colher apenas os benefícios e alegrias.

Ângelo e Lívia, 22 anos de casados, dois filhos: Gabriel e Levi

Família é uma realização de vida, uma conquista perpétua, é o maior patrimônio para um homem, o ministério mais importante.

Ser pai e marido requer sobre si a grande responsabilidade de representar Deus no Lar, é ser amoroso, paciente, carinhoso, ter bom caráter e colocar todos em prioridade, seguindo o exemplo de Cristo, dando a sua própria vida. Tenho sempre em mente que o sucesso de nossa família depende do amor que declaramos todos os dias para os nossos filhos e nosso cônjuge.

Não são as cicatrizes do passado que definem nosso futuro, são as marcas do presente, o amor declarado é a marca principal que devo deixar em meus filhos e já está cravado no coração de minha fiel esposa.

Capítulo 1
NA UTI DO AMOR

"Sem manutenção adequada, os casamentos se tornam vulneráveis e frágeis."

NA UTI DO AMOR

As investidas de Satanás contra o casamento têm afetado diretamente a construção familiar; o que mais se observa com os casamentos hoje são brigas e separação e na grande maioria das vezes os casais que decidem se casar não conseguem romper os 10 anos de casamento e, em particular os que se casam antes dos 18 anos de idade, não conseguem maturidade suficiente para romper uma década de casamento.

Percebemos também que muitos destes não chegam a se casar, passam a morar juntos atraídos pelo sexo fácil, ficam anos presos nas armadilhas de Satanás, com o pensamento fechado e os olhos vendados para a legalidade que Deus dá para todo casal que recebe a benção no casamento. Quando temos um casamento abençoado por Deus, por nossos pais e liderança, temos muito a desfrutar, a felicidade é contagiante e a presença de Deus torna o casamento mais feliz e duradouro. Isso bloqueia as armadilhas do inimigo, mas precisamos estar atentos, pois o inimigo do casamento usa de todos os artifícios para destruir a vida de um casal feliz.

Satanás aprisiona os casais transformando uma vida de felicidade em uma eterna UTI, transformando toda paz e alegria em sofrimento, choro e tristeza. Todos esses dilemas e traumas vividos por todos os casais que procuraram nossos conselhos nos fizeram abrir os olhos, e nos tiraram a venda, pois Satanás também tem uma estratégia para cegar os líderes e conselheiros para não tratar quem esteja precisando de cuidado. Entendemos que todo casal tem algo a ser tratado, tem seu trauma oculto e bem escondido, que se não tratado passa da UTI para a sepultura.

Líderes, pastores, ovelhas, todos são passivos desse trauma, em que o inimigo mina os pensamentos e convence o casal a não falar.

Muitas vezes nem mesmo o casal consegue identificar que algo está errado em seu casamento, mas, se há algo desconfortável, o casal cai no erro de pensar que, como tempo, as coisas vão melhorar. Essa é a segunda armadilha do inimigo, tornar o casal mudo para os conflitos internos, convencendo o casal de que o silêncio é o remédio para curar a ferida aberta. Até os mais fervorosos na fé se fecham, não se abrem para seus líderes, discipuladores ou conselheiros, achando que tudo se resolve com o tempo e ninguém precisa saber. Isso é uma grande mentira de Satanás, é uma grande armadilha, como um buraco no chão em uma floresta escura, onde o silêncio pode mostrar o caminho, mas na verdade leva apenas para um abismo profundo.

> Enquanto eu me calei, envelheceram os meus ossos pelo meu bramido em todo o dia. Porque de dia e de noite a mão pesava sobre mim; o meu humor se tornou sequidão de estio. (Salmo 32-3, 4)

O salmista declara que o silêncio não é saudável; enquanto estivermos em silêncio, nos tornamos secos e envelhecemos até os ossos; ele nos chama a confessar, romper o silêncio, a sair da escuridão, do fundo do poço da floresta densa da minha razão; a falta de entendimento e de perdão nos deixa cegos e mudos, nos mata por dentro e seca os ossos.

> Enquanto calei os meus pecados, envelheceram os meus ossos pelos meus constantes gemidos todo o dia. Porque a tua mão pesava dia e noite sobre mim, e o meu vigor se tornou em sequidão de estio. Confessei-te o meu pecado e a minha iniquidade não mais ocultei. Disse: confessarei ao SENHOR as minhas transgressões; e tu perdoaste a iniquidade do meu pecado. (Salmos 32:3-5 ARA)

O silêncio machuca, corrói por dentro e nos mata aos pouquinhos, ele esconde palavras e pensamentos que gostaríamos que a outra pessoa ouvisse, esconde uma revolta e um grande desejo de maltratar a outra pessoa. O silêncio acontece na grande maioria das vezes no âmbito do casamento depois de uma traição, e traz consigo um forte desejo de isolamento e fuga, que mata o amor e destrói a alma. Isso acontece porque a traição vem da pessoa em quem se confia, porque nunca vem dos inimigos, e sim das pessoas que mais amamos na vida e acreditamos que nunca irá nos trair. Muitas vezes surge uma sensação de voltar no tempo e fazer com que tudo não acontecesse, mas essa é uma ação que nunca poderemos executar, a vida segue para nos ensinar com os erros e acertos, é a forma que o curso natural da vida tem para nos ensinar e deixar marcas de aprendizado.

O silêncio se torna tão dolorido, porque é o momento em que mais procuramos resposta e achamos que Deus se calou, e nada mais dá certo. Mas é durante o silêncio que Deus trabalha, o deserto não é um castigo cruel, mas se deixarmos Deus trabalhar Ele faz brotar rios de águas cristalinas para saciar a nossa sede e nos dar a vitória. Como nos fala Paulo em sua carta aos Romanos: "Alegrem-se na esperança, sejam pacientes na tribulação, perseverem na oração" (Romanos 12:12).

Muitos casais hoje vivem no deserto do silêncio ou em uma densa floresta escura e silenciosa, caminhando sem saber para um abismo ainda mais escuro e profundo. Deus nos despertou para ajudar esses casais cegos e mudos, mas nosso dilema era também como atingir a todos sem que eles percebessem que estavam sendo tratados e que estavam diante de uma escalada para sair do abismo e de uma luz para fazê-los enxergar através das vendas dos olhos.

Passamos a montar as estratégias, direcionadas por DEUS, para mudar a vida de muitos casais. Passamos a estudar uma forma de programação para casais que saísse do normal e previsível em um culto de casal, mas que viesse atrair a atenção e deixar o sal na boca, com um gosto de quero mais. Estudamos mudar a dinâmica constante de um culto ou uma programação monótona como sempre se via, apenas mais um culto, sem mais nada de diferente, que falasse a linguagem de um conflito entre quatro paredes. Isso nos motivou a procurar temas picantes, atraentes e controversos para as programações, algo que gerasse interesse e curiosidade.

Com essa proposta, Deus nos mostrou o primeiro tópico a ser abordado: a UTI (Unidade de Tratamento Intensivo). O objetivo desse tema foi de fato chamar atenção: "UTI DO AMOR".

A princípio esse tema gerou também em nós um certo desconforto, surgiam perguntas em nós. Como poderemos abordar e discorrer sobre um tema desses na vida conjugal? Surgia também uma dúvida, será que isso vai dar certo? UTI não tem relação com casamento, é coisa de hospital, de doenças, feridas, curativos etc.

Foi nesse pensamento que surgiram os outros temas também; o Espírito Santo me mostrou que tem muita relação. Os casamentos morrem agonizando por socorro, muitos estão com feridas profundas precisando de tratamento. Outros com doenças na alma pedindo por ajuda no silêncio da alma. Mas há também muitos casais que conseguiram superar as enfermidades no casamento, no entanto as feridas estão expostas, trazendo recordações amargas que não cicatrizam. Veio aquela voz na mente, fale tudo, comece pelos mais graves.

UTI é algo para quem já está em estado terminal, casamento em crise profunda, mas como vamos atingir também os recém-casados, os que acabaram de chegar da lua de mel? Os casais que se acham bem resolvidos, sem crises, sem mágoas ou feridas para tratar?

Foi aí que o Espírito Santo me revelou, o seu propósito não era tratar quem estava doente ou morrendo, mas, sim, alertar e apontar para os riscos e perigos que surgem no casamento. Depois disso começamos a mudar o contexto, mostrar que todos estão na UTI, devemos tratar a cada instante e com muita intensidade a nossa vida conjugal, o tratamento intensivo deve ser com muito carinho, amor e afeto, imunizando-nos contra o divórcio, fortalecendo o casamento conta as intrigas e tornando todos os dias uma caminhada a dois mais saudável e prazerosa, fértil e feliz. Todo tempo gasto com carinho, atenção e muito amor não é um desperdício, na verdade é uma poupança de felicidade para desfrutar na velhice.

Vamos com este conteúdo tratar alguns conflitos, que muitas vezes, se não tratados, analisados e resolvidos, nos levam a um estado grave no casamento, à falência conjugal. Todo conflito não tratado é mais um metro de profundidade na cova para o enterro do matrimônio. E toda vez que nos abrimos e resolvemos nossas diferenças, nos reconciliamos voltando a regar nosso casamento com muito amor, é mais um punhado de terra para entupir a cova que vai estar sempre aberta, esperando um casamento para tragar. Toda vez que digo para minha esposa o quanto a amo e peço perdão por algo que fiz ou falei, eu tenho a nítida certeza de que estou fechando aquele buraco que tenta tragar todo casamento.

Um casamento em estado de falência não é nada bom, é um sinal de que não tem mais jeito, as partes já foram divididas, a separação é notória, todos os recursos por uma das partes já se esgotaram, pode-se dizer que não há mais nada a se fazer, os dois encontram-se sem forças para lutar, já entregaram os pontos. Mas, se há um fio de esperança, um pouquinho de fé, uma gotinha de amor no fundo do coração, tudo pode ser mudado e resolvido.

> E acima de tudo, tenham amor, pois o amor une perfeitamente todas as coisas (Colossenses 3-14).

Não existe rancor que o amor não possa curar, infidelidade que não possa perdoar ou ferida que não possa sarar, o amor pode todas as coisas, o amor é o remédio para toda doença, são os óculos para o cego da alma, a muleta para o aleijado de fidelidade. O que quero dizer com tudo isso é que somente o amor e por amor poderemos curar, enxergar e voltar a andar no relacionamento a dois. É com muito amor que conseguimos todos os dias tentar fechar a cova da falência conjugal: apenas o amor é o antídoto para todo mal.

Quando eu era criança, minha mãe usava um remédio muito popular na época, chamado **pílula contra o estupor**; usava-se para tudo: se estava com febre, dor de barriga, verminose, dor de cabeça, diarreia, menstruação atrasada, ou seja, era um remédio para tudo em casa. Amor é a pílula para todas as doenças do casamento, se está triste, use amor, solitário, pensativo, desanimado, depressivo, com raiva, inveja, medo, o amor pode curar tudo. Somente o amor pode nos tirar do estado terminal em um relacionamento e colocar o sorriso de volta em nossos lábios e a beleza no rosto. O amor é a força necessária para exercermos o perdão, e ajudar a levantar o caído. Com muito amor, em qualquer relacionamento, todas as noites os casais verão a verdadeira força do amor e serão aquecidos por essa chama ardente. Quando o amor está no centro do laço conjugal, todo fraco se torna forte e todo triste fica feliz.

> Melhor é serem dois do que um, porque têm melhor paga do seu trabalho.
>
> Porque se um cair, o outro levanta o seu companheiro; mas ai do que estiver só; pois, caindo, não haverá outro que o levante.
>
> Também, se dois dormirem juntos, eles se aquentarão; mas um só, como se aquentará?(Eclesiastes 4:9-11)

Desde o início, o homem sempre teve a necessidade de ter uma parceira para com ele compartilhar um mundo melhor, mas também desde o início, com o primeiro casal, surgiu outra necessidade, a de resolver conflitos. Imagino que lá no jardim, onde tudo era um paraíso, não tinham outras mulheres, roupa para lavar, casa para administrar, contas para pagar ou parentes para atrapalhar, mas uma coisa tinha, um conflito para resolver.

> Então disse Adão: A mulher que me deste por companheira, ela me deu da árvore, e comi. (Gênesis 3:12).

Como terá sido o primeiro dia depois dessa acusação? Quanto tempo durou o silêncio depois disso?

Com todo casal, depois que discutem, sempre vem o tempo do silêncio, depois a fase dos monossílabos, isso também acontece comigo, mesmo sabendo que não tenho razão, me acho no direito de ficar mudo e chateado por ter perdido a discussão. E, no Éden, como foi resolvido o primeiro conflito?

Imagino que muitas noites sem dormir, muitas acusações também surgiram posteriormente, a culpa de todos os males sempre cairia sobre a mulher. Adão poderia ter dito: "a culpa é sua por termos que trabalhar tanto". Eva poderia também responder: "a culpa é toda sua por passar o dia todo trabalhando no jardim, dando nome de bicho, e me deixar aqui sozinha e solitária em um jardim tão grande e sem ninguém para conversar".

Depois do conflito, sempre o silêncio se instala, muitos dias podem ter passado. Adão passou a lavrar a terra de forma silenciosa e evitando contato com a única pessoa no mundo com que ele poderia conversar. Eva, inexperiente, com muita vontade de pedir auxílio para o único homem no mundo que poderia ajudá-la, mas o silêncio se tornou imperativo, e o trabalho se torna exaustivo quando o silêncio conjugal domina.

> No suor do teu rosto comerás o teu pão, até que te tornes à terra; porque dela foste tomado; porquanto és pó e em pó te tornarás. (Gênesis 3:19).

A principal forma de resolver um conflito não é bater de frente para eliminar todas as diferenças que já foram afloradas, mas tratar cada uma e transformá-las em benefícios em vez de prejuízo. Em um casamento maduro e feliz, o casal já aprendeu a trabalhar em parceria, formando uma verdadeira equipe bem entrosada, em que um já entende a linguagem do outro, basta apenas um olhar para que tudo aconteça, de modo que toda diferença torna a vida bem melhor para os dois. Muitas vezes os casais com pouco tempo de vida conjugal ainda não perceberam as diferenças um do outro até o momento em que o primeiro conflito venha a surgir de forma bem leve, como uma toalha molhada ou a tampa do vaso levantada ou o simples fato de esquecer onde colocou a escova de cabelo; os conflitos acontecem de forma simples, mas se não tratados se elevam para níveis mais altos.

Conflitos que surgem no casamento não devem ser encarados como uma simples divergência de opinião ou de perspectiva, como o jeito de falar, a cor preferida de cada um, ou simples fato de conversar com os filhos e corrigir algo que deu errado. Os conflitos pertinentes sempre assumem características bem diferentes, nos quais ambos assumem lados opostos e distintos, e a opinião de um sempre discorda e afeta o outro, causando desarmonia no relacionamento.

Os conflitos não procuram uma área específica para se apresentar, basta uma pequena divergência, e pronto, o estopim já está aceso para mais uma explosão de farpas e ofensas: um pouco do sal a mais no tempero, forma de dirigir, cartão de crédito, parentes, espiritualidade, lazer, criação de filhos, e a mania do século, o bendito do celular. Devemos ter muito cuidado com esse aparelho, pode ser bênção, mas se torna maldição na vida de muitos casais. Eu também já discuti com minha esposa por causa do celular na hora da refeição, mas fomos sarados e não usamos mais essa bênção à mesa, muitas vezes até desligo para não atrapalhar a refeição.

Os conflitos não são necessariamente ruins nem são para destruição conjugal, pois eles são inevitáveis em qualquer casamento. Mas o nosso objetivo não é nos livrar dos conflitos, e sim encontrar o ponto de ignição ou começo do problema e resolvê-lo. E, a partir disso, aprender com os erros, minimizando as divergências e encontrando uma maneira de trabalhar em harmonia, como colegas de uma mesma equipe, rumo aos objetivos desejados.

Quando um casal em sintonia encontra a harmonia e aprende a resolver conflitos, eles começam a perceber que, quando trabalham juntos, para aprender, motivar e apoiar um ao outro, o casamento se torna belo e harmônico.

Você já parou para analisar o que diz um antigo provérbio?

> É melhor ter companhia do que estar sozinho, porque melhor é a recompensa do trabalho de duas pessoas. (Eclesiastes 4:9).

Quando isso se torna realidade e a profunda necessidade emocional de companhia é satisfeita, o casal encara a vida com um senso de harmonia, e juntos começam a ter realizações muito mais completas do que seria possível individualmente.

> Lado a lado, nós podemos vencer os desafios que surgem em nossos caminhos. (Eclesiastes 4:12).

Quando um casal está em estado terminal ou na UTI, além dos conflitos tem o esfriamento no casamento; sem carinho e sem demonstração de afeto, o casamento parece que vai caindo em um cemitério de silêncio, em que tudo são belos túmulos para se ver, mas, por dentro, são apenas ossos secos e podridão.

Existem muitos casais vivendo um relacionamento de aparência, no qual não existe mais diálogo, companheirismo, cumplicidade e demonstrações afetuosas que servem para irrigar o relacionamento trazendo vida e alegria. Dividem o mesmo teto, mas, por alguma razão, não dividem mais os mesmos sonhos, objetivos e interesses. Vivem como dois estranhos, frios e indiferentes um ao outro.

Infelizmente percebemos que essa é a realidade de muitos casados, que, com o passar do tempo, foram deixando de lado pequenos gestos de amor e atitudes de parceria, transparência e diálogo, de modo que o ressentimento por coisas do passado permeia a rotina do casal, os túmulos são abertos e a podridão se torna aparente, a falta de zelo e pequenas atitudes destroem o que um dia foi belo e cheio de vida.

Pequenas atitudes podem mudar um relacionamento, como:

- Uma ligação durante o dia demonstra atenção e cuidado.
- Uma mensagem de amor no WhatsApp também representa muito carinho.

- Presentes fora de data ou uma pequena lembrancinha tornam um dia simples muito especial.

Eu poderia até perguntar, qual foi a última vez que você deu um presente para seu cônjuge? Relembre como foi a reação, aquele momento foi especial? Mas, se você não lembra ou nunca fez, não fique triste, pois nunca é tarde para recomeçar e tornar um dia simples em um grande dia festivo. Certamente, esse momento vai fazer toda a diferença na vida do casal e ajudará a manter a **chama do amor acesa**, ajudando a bloquear todo o esfriamento no casamento. Além do mais, essa atitude é mais um punhado de terra para entupir o buraco que quer tragar todo casamento.

Muitos que já esqueceram e não praticam mais essas atitudes de vida e alegria no leito conjugal apresentam alguns sinais de esfriamento, que matam o relacionamento, destruindo a família e acabando com todos os sonhos.

O CASAL DEVE DECIDIR JUNTO

Há uma ordem de governo e autoridade estabelecida por Deus no lar. "O marido é chamado o cabeça[...]" (Ef 5.22-24), e entendemos que como tal tem direito à palavra final. Porém, isso não quer dizer que o homem esteja sempre certo ou que não deva ouvir sua mulher, no âmbito do casamento ou em qualquer outra área da vida, para ter sucesso, tudo depende do relacionamento com diálogo, fidelidade e transparência. Encontramos no Velho Testamento uma ocasião em que o próprio Senhor diz a Abraão, seu servo: "Ouve Sara, tua mulher, em tudo o que ela te disser" (Gn 21.12).

Ter a felicidade no casamento está intrinsecamente ligado a sabermos ouvir um ao outro; se percebemos que há algo de errado no relacionamento, devemos agir para trazer de volta a harmonia, o diálogo e a paz. Devemos sempre fazer a manutenção da vida a dois, pois, para um melhor resultado, precisamos estar com todas as engrenagens bem encaixadas. Não só no relacionamento, mas mesmo a garantia da maioria dos bens depende de sua manutenção adequada. O mesmo acontece quando se deseja construir um casamento durável; devemos lustrar, polir, cuidar, curar, e fazer todo esforço possível para nunca emperrar nossas engrenagens que nutrem o amor; correndo o risco de ir direto para uma UTI ou ser descartado como inútil. Sem manutenção adequada, os casamentos se tornam vulneráveis e frágeis. Marido e mulher são responsáveis e devem gerir o casamento, não cai apenas sobre o homem decidir o dia de saírem juntos ou de uma boa noite de sexo; não devemos ficar paralisados esperando algum socorro chegar, ou algo milagroso acontecer; a decisão é nossa de inovar e nos reinventar no casamento.

Lembro-me de um casal que estava em fase terminal no relacionamento, a mulher já havia entregado os pontos e reclamava de tudo que o marido fazia ou deixava de fazer, ela nos chamou para pedir conselho sobre o casamento, começou a falar das atitudes erradas do marido, que, desde que casaram, nunca mais saíram juntos, uma palavra de carinho ela não lembrava a última vez que ouviu, ela falou tudo que tinha vontade de falar para o marido, depois de ouvirmos, eu perguntei "e o marido quem tem a dizer?" Ele falou poucas coisas, mas também se queixou das atitudes da esposa, que reclamava muito e brigava com tudo.

Na maioria das vezes é assim, um só vê os erros do outro, não há diálogo, nem entendimento, isso desgasta o relacionamento. Para vencermos é preciso de união, vontade de querer resolver e muito diálogo, amor e parceria.

Estamos sempre juntos, até nas maiores loucuras

Casal Marksoel e Ivanilde
Discípulos muito queridos, 21 anos de casados, dois filhos, Drielle e Eliseu

Saiam da rotina

Durante o namoro, antes do casamento, são naturais as demonstrações de carinho, horas de conversa e um caprichoso zelo imperador para estar sempre com a melhor aparência possível, apresentando tudo perfeito. Caprichos assim são comuns durante a fase da conquista do namoro ou no início do casamento. Todavia, muitas dessas atitudes, ao passar dos anos, caem no esquecimento, são deixadas de lado, fazendo com que o relacionamento se torne frio e confortável demais, caindo na gostosa rotina de todos os dias, e se autodestrua com o tempo.

Casais felizes aprenderam que um casamento de sucesso é feito de duas pessoas imperfeitas que se recusam a desistir um do outro! Quando você tira os seus olhos dos defeitos, falhas e limitações do seu cônjuge e passa a olhar para DEUS, que o ama do jeito que ele é, então você consegue ser mais paciente, amoroso e apostar um no outro até o fim. Se vocês começarem a acreditar no que Deus pode fazer na vida de vocês, então perceberão que é o melhor caminho para o casamento. Vocês dois estão no mesmo barco e por isso devem fazer de tudo para terem um relacionamento que agrade a Deus. A rotina nos acomoda, mas a criatividade traz alegria; para ser feliz, não precisa de muita coisa, mas de muito entendimento, parceria e carinho. Sejam felizes do jeito que vocês são.

Quando saímos da rotina, estamos dando o primeiro passo para combater os principias sinais de esfriamento do laço conjugal; tudo que se torna repetitivo é enfadonho e perde a beleza da novidade; a criatividade no casamento é um ótimo estimulante para uma vida prazerosa e relacionamento feliz.

Sinais do esfriamento

Não existe mais contato sexual ou, se há, é por obrigação ou só é bom para uma das partes.

Para o marido que percebeu que está nesse estado de frieza, é bom lembrar que o prazer é uma via de mão dupla, se você caprichar no prazer da mulher, tenha toda a certeza de que ela também não deixará de fazer com muito capricho, não queira apenas ter prazer, antes dê prazer para sua esposa, ela não é seu objeto sexual.

Para a mulher que se identificou com esse ponto de frieza, seu estado de saúde mental é muito importante para um bom relacionamento sexual com o marido, criar situações impeditivas não ajuda o marido.

Muitas vezes existem algumas que acabam atrapalhando: dor de cabeça, estresse, TPM, trabalho, filhos, enfim, inúmeras coisas que podem afetar diretamente nesse ponto. Então, mulheres, o sexo começa na mente.

Vocês estão próximos fisicamente, mas, emocionalmente, a quilômetros de distância um do outro, a ponto de se evitarem.

Esse sinal de esfriamento acaba com todo relacionamento, provocando constantes brigas e ofensas, portanto não durmam sem fazer as pazes (tratem de reatar antes do anoitecer), declarem todos os dias com muita constância o seu amor e carinho um ao outro, dediquem tempo só para vocês sem intervenção de filhos ou parentes.

Lembre-se o amor nos aproxima do perdão, e liberar perdão não quer dizer conflito resolvido, Deus nos perdoou apesar de todo pecado em nós. Em João 3:16 está escrito "Porque Deus amou o mundo de tal maneira que deu o seu Filho unigênito, para que todo aquele que nele crê não pereça, mas tenha a vida eterna." O amor de Deus nos aproximou de Jesus que liberou perdão sobre todos. Nossos conflitos e pecados ainda não estavam resolvidos, mesmo assim Ele nos perdoou primeiro e agora podemos estar juntos a Cristo todos os dias e sermos tratados. O perdão serve para isso, para nos aproximar e sermos tratados.

O amor nos aproxima do perdão e o perdão nos aproxima da pessoa.

Passam a imagem de casal feliz, mas a realidade é totalmente contrária.

Esse é um dos pontos mais críticos de esfriamento, em que as demonstrações de amor e carinho já se perderam na escuridão do túmulo fechado, mas volto a repetir, nunca é tarde, você não precisa viver de aparência. Muitos casamentos morrem, porque muitos casais precisam expor apenas nas redes sociais ou grupos sociais ou até mesmo para as famílias que vai tudo bem, quando na realidade seu casamento já está à beira de um divórcio, em casa não existe diálogo e cumplicidade.

Estão juntos apenas por uma questão financeira, profissional, por causa dos filhos ou qualquer outro motivo que não seja o próprio cônjuge.

Você se casou para fazer o seu cônjuge feliz e esse deve ser o seu principal objetivo, tratar bem a pessoa que você escolheu para viver eternamente, trate o casamento como um contrato de felicidade e dedicação amorosa.

Além disso, na carta de Paulo aos Efésios 5:25 há um direcionamento de Deus sobre o casamento. Devemos entender com essa referência que o homem e a mulher carregam em si a imagem de Deus.

E, ao unirem-se no casamento, representam a renúncia do egoísmo. Assumem um compromisso de amarem-se e cuidarem um do outro.

Convivem há anos com problemas recorrentes que foram mal resolvidos.

Se você se identificou com esse aspecto, não cultive a mágoa, o perdão deve ser uma prática constante de ambas as partes; muitas vezes escutamos casais em que um dos lados fala sempre a mesma coisa: mas toda vez sou "eu", que sempre peço perdão. Comportem-se como pessoas adultas e não deixem que a mágoa e falta de perdão acabem com seu relacionamento, lembrem-se que o perdão e o amor andam juntos.

Nossa dica é:

"Fiquem alerta a esses sinais e melhorem a cada dia, amem com intensidade, sejam parceiros, sejam amigos e cúmplices em tudo."

Capítulo 2
NA ENFERMARIA

"Declarações de amor e tempo de qualidade aquecem seu casamento."

Filhinhos, não amemos de palavra nem de boca, mas em ação e em verdade.
(1João 3.18)

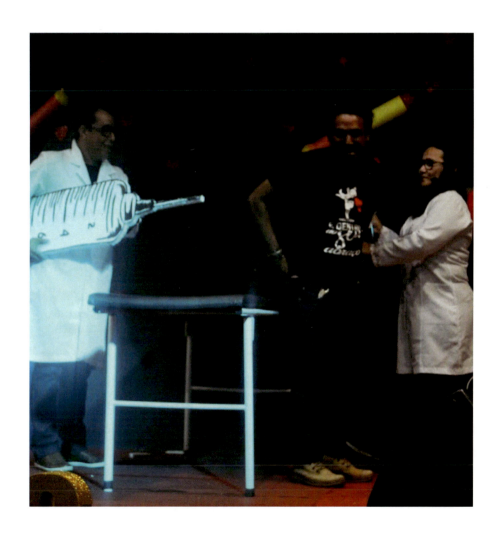

NA ENFERMARIA

O amor é paciente, generoso e carinhoso, entretanto, se quisermos demonstrar o auge do amor em ações, então nós devemos nos comprometer a mostrar um comportamento extremamente paciente. A melhor forma de demonstrar um amor paciente é não andar de um lado para outro de forma nervosa e impaciente com a cara fechada, enquanto sua esposa se arruma pacientemente e bem à vontade para sair linda com você. É também saber se controlar e não ficar buzinando o carro e gritando, vamos logo, apontando para o relógio e repetindo "você demora demais para se arrumar". O esposo que age dessa forma só tem a perder se ele deixar a esposa nervosa com tanta cobrança; certamente a noite não será estrelada se ambos se irritarem por causa de um pouco de tempo a mais.

Confesso que já agi assim muitas vezes no tempo da minha ignorância, e nem sempre eu aproveitava a noite, porque estava chateado com tanta espera, mas eu estou em processo de cura, e serei liberto de ser chato com o horário para sair com minha bela esposa. Eu sempre penso antes de saímos juntos que será melhor esperá-la se arrumar do que ficar chateado e não aproveitar a noite.

Todos sempre vamos ter a simples opção de sermos pacientes, o tratamento com nosso cônjuge se resume em ser ou não paciente, falar ou não palavras de amor, demonstrar ou não carinho e atenção.

Eu comecei a mudar quando percebi que ela se produzia toda só para estar linda ao meu lado, então comecei a motivá-la a se arrumar mais cedo e passei a ajudar com os meninos, pois cobrar é muito fácil, difícil é fazer.

Paulo escreve em 1 Coríntios 13:4: "O amor é paciente, o amor é bondoso[...]". Também afirma em Romanos 12:18: "Se for possível, quanto depender de vós, tende paz com todos os homens". Se toda paz e paciência dependem de nós, então por que não amar?

O amor é bondoso e essa constância na característica do amor torna os atos de bondade uma das ações mais fortes no trato do cuidado, carinho e cumplicidade. São vozes que falam muito forte ao coração e ecoam na memória para sempre, por exemplo: um buquê de flores presenteado em um dia qualquer fala bem alto "Eu te amo" a qualquer pessoa. Aquela mensagem no WhatsApp no meio do dia cansativo no trabalho para dizer "você é a pessoa mais especial do mundo". São vozes de amor que soam como uma melodia na mente da pessoa amada, e só depende de você para que isso de fato aconteça.

Algo que também pode falar muito forte no coração de sua esposa é um convite para um jantar fora de casa, sem que esteja marcado na agenda, esse ato de carinho e atenção fala muito alto aos ouvidos da esposa dizendo "você é muito especial" a uma esposa que normalmente prepara as refeições da família. São atos simples, que não precisam de agendamento, pois a surpresa torna o momento ainda mais mágico e inesquecível. Isso manterá o casamento muito mais vivo e em constante crescimento.

> Tudo tem o seu tempo determinado, e há tempo para todo propósito debaixo do céu. (ARA) (Eclesiastes 3:1).

Outra versão diz:

> Para tudo há um tempo, para cada coisa há um momento debaixo dos céus. (Eclesiastes 3:1).

Devemos sempre encontrar um tempo, um momento, nada preestabelecido para declarar nosso amor à esposa amada, seja na hora de lavar a louça, ou depois de um delicioso café, o momento não é importante, e sim o que fazer a cada momento, quem faz o tempo somos nós, e nossas ações fora do tempo é que vão marcar as nossas lembranças. Quero chamar atenção aqui para ser diferente de um homem bem macho que afirmou: "Eu disse à minha esposa que a amava no dia em que a pedi em casamento. Se eu mudar de ideia algum dia, conto para ela". Ter um tempo determinado para dizer o quanto ama não mostra romantismo, torna-se algo mecânico e sem sentimento.

> Não seja como o cavalo, nem como a mula, que não tem entendimento, cuja boca precisa ter cabresto e freio. (Salmos 32:9)

Nosso entendimento deve estar centrado na ideia de que o amor não é imutável, que uma vez formado nunca mais perde a forma, como se fosse um metal que é forjado no fogo. O entendimento deve ser de que amar é um estilo de vida que está em constante mudança, devemos ter criatividade para não engessar nossas ações de amor e para não nos tornarmos repetitivos. Mas deve ser algo que começa simples e termina ardente ou começa ardente e termina simples, ou seja, nunca chega ao fim exatamente como começou. Nesta vida tudo chega ao fim, mas somos nós que definimos como será o fim das coisas, se a velhice será alegre e prazerosa ao lado de quem viveu a vida toda se dedicando para a felicidade do outro ou não.

Para termos um fim feliz, devemos começar a trabalhar hoje, e para isso nós devemos tirar tempo de qualidade e orar individualmente ou como casal pedindo a Deus ajuda para mostrarmos amor um ao outro por meio de ações reais de criatividade e disposição para encontrarmos maneiras novas de demonstrar nosso amor ao nosso cônjuge, trazendo a harmonia de um presente maduro que vai perdurar para um final feliz.

Em 2019 nós fizemos 20 anos de casados, e a sensação que temos é de que estamos muito mais felizes hoje do que quando começamos, e que sempre estamos renovando nossa forma de dar prazer um ao outro. Isso nos revela que estamos vivendo um presente maduro, com muito prazer e realização, com ações reais e muita criatividade, disposição e novas demonstrações de amor. Aproveitamos o momento para rever alguns lugares onde começamos nosso romance, e fomos conhecer novos lugares com que sempre sonhamos. São coisas simples que precisamos rever depois de muitos anos juntos, mas que deixamos cair na rotina, como sempre fazer sexo do mesmo jeito, ir aos mesmos lugares de sempre ou deixar de dar um presente fora de época.

Mas neste capítulo ainda não vamos abordar as mudanças como demonstração de afeto, e sim o carinho como o principal curativo de amor. As carícias nos trazem intimidade e segurança; dar um carinho como gesto de amor vai tocar no mais profundo de nosso ser, provocando reações e sentimentos que nos remetem ao prazer. Essa é uma fortíssima forma de comunicação que o amor usa para curar toda e qualquer ferida, pode ser um simples toque no ombro, um gostoso cafuné ou o mais apaixonado dos beijos, são gestos simples e picantes que transmitem uma poderosa mensagem: "eu te amo e preciso de você". O cônjuge que ainda não consegue entender essa mensagem de carinho anda não saiu da UTI, ainda sofre muito com as investidas de Satanás, traumas do passado o perturbam e precisa com urgência de um tratamento mais intenso, para chegar na enfermaria.

Neste caso é preciso voltar ao capítulo anterior e entender qual processo foi deixado de lado, rever seus conceitos e redobrar a atenção para eliminar os conflitos e bloquear todo esfriamento que ainda persiste. São traumas que, se não tratados, nunca serão curados com o tempo, não tem carinho no mundo que vá fazer sarar e cicatrizar.

Eclesiastes 3 fala que há tempo para tudo, e no caso de uma ferida aberta, o tempo é inimigo se aferida não for tratada logo no seu tempo, pois com o tempo tudo fica pior, as dores aumentam, o mau cheiro exala e torna a ferida ainda maior.

> O que é, já foi; e o que há de ser, também já foi; e Deus pede conta do que passou. (Eclesiastes 3:15).

As feridas, as mágoas, o destrato, a falta de parceria, de transparência, ciúmes e desrespeito são feridas abertas que precisam ser tratadas, e muitas vezes em nós mesmos, que nos sentimos feridos por falta de compreensão e atenção. Não podemos acusar o cônjuge por nos machucar, e nós mesmos não tratamos em nós os machucados.

Lembro que uma vez eu tinha machucado minha esposa com palavras e eu me achava com toda a razão, ela também tinha a sua razão, mas uma noite fomos orar juntos, ela orou em voz alta para Deus, falando das suas feridas que eu tinha causado. Ela não me acusou em nenhum momento de tê-la machucado, mas ela falou para DEUS na minha presença, que me amava e que estava muito ferida. Eu senti naquele momento um grande remorso dentro de mim por ter provocado uma ferida em minha esposa e não ter pedido perdão, e depois daquela oração eu pedi perdão a ela e foi uma das melhores noites de casados, nos abraçamos, nos beijamos e ardemos de amor um pelo outro, fizemos carícias e tivemos uma noite muito prazerosa de amor.

Gary Chapman, em seu livro *As 5 linguagens do amor*, diz que:

> A pessoa que tem a linguagem do amor "Toque Físico" como idioma principal, se sente amada através do toque físico: andar de mãos dadas, abraçar, beijar, toque no ombro, é importante para a pessoa deste idioma.

Precisamos sempre redescobrir a chama que arde de amor dentro de nós por nosso cônjuge, e manter esse fogo aceso depende de nós, da nossa linguagem principal, é essa linguagem que serve de curativo para as feridas abertas. Andar de mãos dadas, abraçar, beijar, carinhos, toque no ombro, carícias no corpo, tudo isso é muito importante para a pessoa que tem o toque físico como idioma principal.

A pessoa que usa uma das linguagens do amor como seu idioma principal sempre se sentirá amada quando essa mesma linguagem for aplicada nela, quem usa o toque como a sua linguagem principal, sempre se sentirá amada por meio do toque físico, todas as feridas serão curadas com essa linguagem.

Precisamos apenas descobrir onde nosso cônjuge gosta de ser tocado, que tipo de carícias ele gosta, temos algumas partes do corpo muito sensíveis ao toque, só precisamos conhecer o ponto certo em que a pessoa amada gosta e não gosta de ser tocada, pois muitas partes do corpo podem nos levar ao êxtase, mas outros podem nos deixar facilmente irritados.

Carinho, abraços e toques sempre existiram e são uma das maneiras mais expressivas de demonstrar o amor. As crianças recém-nascidas que são abraçadas, beijadas passam a desenvolver um estado emocional muito mais saudável do que aquelas que não recebem carinho.

Na natureza até os animais mais selvagens fazem carinhos em seus filhotes, a leoa faz carícias no leãozinho, o gorila em seu filhote, a onça em sua cria. Esse tipo de demonstração de afeto também está implícito em nós, faz parte de nossa natureza, só precisamos trabalhar para que tudo venha aflorar da forma mais bela e romântica possível, pois carinho, afeto, amor são uma demonstração mais autêntica de nosso cuidado.

> O ser humano tem espalhado pelo corpo pequenos receptores táteis distribuídos em grupos. A ponta da língua, a ponta dos dedos, do nariz são áreas do corpo extremamente sensíveis, como outras partes do corpo, que se tocadas, levam mensagens de amor ao cérebro. (Gary Chapman, *As 5 linguagens do amor*)

Andar de mãos dadas, beijar, abraçar, pôr a cabeça no colo, dormir abraçado (em particular gosto muito de dormir fazendo conchinha, é a forma mais gostosa de dormir abraçado com minha esposa) e ter relação sexual constantemente é essencial para algumas pessoas, na verdade o sexo faz parte da linguagem da maioria dos homens.

Em particular, essa é a minha linguagem, para mim uma semana sem sexo equivale a um ano todinho de jejum. Polução noturna*, pesadelos, insônias e estresse são uns dos principais sintomas de que estou sem usar meu idioma principal, é o meu corpo mandando uma mensagem para meu consciente, para eu acordar e usar o idioma certo, porque a coisa está feia. Quando ela me dá um gelo por algo que fiz e ela não gostou ou a deixei contrariada, eu só falto subir pelas paredes, mas aguento firme, pois tudo tem seu tempo, e o gelo não dura muito tempo no calor, é só aquecer o ambiente, colocando mais lenha, e abanar o fogo. Porque uma vez alguém falou: "a mulher é comparada a um fogão à lenha, e o homem é um micro-ondas, para usar basta apertar um botão e pronto, mas para a mulher é totalmente diferente, para usar um fogão à lenha, você precisa de paciência, uma lenha seca e disposição para abanar muito o fogo".

> **Polução noturna** é uma ejaculação involuntária que ocorre durante o sono. Apesar de ser mais comum entre os 12 e 25 anos de idade, a **polução noturna** pode acontecer também com homens casados e com vida sexual estável. [...] A **polução noturna** é vista como um meio natural de eliminação do excesso de sêmen pelo organismo. (https://pt.wikipedia.org).

O nosso Deus em sua multiforme graça, quando nos criou, Ele constituiu o nosso corpo com um sistema nervoso central e autônomo formado por milhões de nervos sensoriais muito bem distribuídos em nosso corpo. E, para nos ajudar ainda mais, Ele colocou um sistema nervoso simpático*, que entra em operação principalmente para realçar uma emoção ou sentimento, ele faz o coração bater mais rápido, faz a respiração mais profunda, dilata as pupilas dos olhos, faz a pele ficar mais corada ou pálida.

Não foi por acaso que o Criador nos fez assim, com milhões de sensores muito bem distribuídos para fazer uma perfeita conexão de nosso emocional para mostrar que o toque carinhoso em seu cônjuge, filhos, familiares e/ou amigos é uma forma de abençoar com a inexplicável dádiva do amor.

Podemos até relacionar as mensagens que transmitimos quando estamos tocando carinhosamente alguém que amamos.

* O **sistema nervoso simpático** (SNS), também chamado por alguns especialistas de *sistema ortossimpático* ou *sistema toraco-lombar*, é uma das duas divisões do sistema nervoso autônomo (SNA). (https://pt.wikipedia.org)

Quando você toca, está dizendo:

- Eu amo você.
- Eu me doo por você.
- Eu quero muito te proteger.
- Eu o abençoo.
- Eu sou seu abrigo.
- Eu quero te ver feliz.
- Eu me preocupo com você.
- Eu te perdoo de todo coração.
- Você pode contar comigo sempre.
- Eu sempre quero estar perto de você.
- Você é muito especial para mim.
- Eu oro por você.
- Eu sonho com você.

Podemos perceber o que apenas um toque pode transmitir. Agora, você já imaginou o que carícias no corpo todo podem transmitir ao seu cônjuge? Um beijo apaixonado e duradouro, uma massagem especial nos pés ou o simples fato de ficar abraçados em um lugar qualquer? Se puxarmos pela memória, vamos relembrar os momentos de quando éramos apenas namorados, tínhamos inúmeras formas de tocar para transmitir nosso amor, pois, nessa fase do relacionamento, ainda não temos feridas para tratar, mas já usamos esse curativo de amor, de forma muito eficaz, que não só cura como nutre o relacionamento.

Seja cruzando as mãos em cima da mesa, seja estando abraçados ao andar pelas ruas, seja simplesmente o beijo apaixonado em um banquinho de praça, essa força de carinho parece não acabar nunca. Mas o problema não é a fase do namoro, nem as feridas que podem surgir, o verdadeiro problema é depois do casamento.

Muitos casais, depois do sim no altar, quando tudo passa a ser permitido, pegam todo o romantismo do namoro, colocam em um grande baú de madeira, enrolam com uma corrente e lançam no mais profundo dos mares e perdem completamente o interesse pelo toque físico, a mais romântica demonstração de carinho. O amor deixa de ser nutrido, e quando surgem as primeiras feridas já não há curativos para tratar. O fogo se apagou na profundeza dos mares e o casamento vai enfraquecendo pela falta de curativo, pela falta de carinho, de beijos apaixonados e por falta de tempo para um passeio na pracinha.

Se é depois do casamento que tudo está permitido no relacionamento a dois, então é aí que devemos extravasar no sexo, no beijo ardente e no abraçar. Li uma vez que o Departamento de Psiquiatria da Universidade da Carolina do Norte (EUA) diz que o abraçar tem relação com o aumento da qualidade de vida. Durante o abraço, o hormônio do estresse, o cortisol*, despenca no organismo, o que libera substâncias para proporcionar conforto e alegria. E que abraçar retarda o envelhecimento, que a obesidade está relacionada com a falta de abraços, você já percebeu que as pessoas obesas quase ou nunca abraçam? Porque, em quem está emocionalmente abalado, a tendência é abraçar menos e comer mais.

> O **Cortisol** é um hormôniocorticosteroide da família dos esteroides, produzido pela parte superior da glândula suprarrenal (no córtex suprarrenal, porção fasciculada ou média), diretamente envolvido na resposta ao estresse. (https://pt.wikipedia.org)

Então comece a praticar a partir de hoje, abrace muito e coma menos, isso reforça o relacionamento e vai diminuir os atritos com o cônjuge e familiares.

Uma dica para você leitor. Faça uma pausa agora nessa leitura e aproveite o momento para abraçar seu cônjuge, se não estiver perto, faça uma ligação, declare todo o seu amor guardado e prometa que quando chegar vai abraçar muito.

Carinho, o curativo de amor

O abraçar é uma das maiores demonstrações de carinho e muito importante para o relacionamento. Quando for abraçar, dê um abraço muito apertado, seja em um amigo, irmão, cônjuge ou parente distante; demonstre todo o seu carinho pela pessoa com um abraço apertado e demorado. Você vai transmitir todas as características do toque que relacionamos anteriormente, pois, quando você abraça uma pessoa, você está transmitindo uma mensagem muito importante de amor e carinho; o gesto de carinho tem o poder de mudar tudo quando chega no momento certo.

Você consegue lembrar quando foi a última vez que abraçou seu cônjuge?

O abraço no casamento deve ser sempre um abraço apertado, você pode até perceber que durante o abraço a pessoa recebe mais segurança, o coração se acalma e você transmite paz e harmonia para a pessoa abraçada.

Lembro-me de uma viagem que fizemos para um evento de casais, e não levamos nosso filho menor, que estava com 4 anos de idade. Falávamos com ele toda noite, e ele sempre falava que estava com muita saudade. O que ficou marcado foi quando chegamos de volta, ele me abraçou muito apertado e por muito tempo; naquele momento eu senti todo o carinho e amor que ele tinha por mim.

Então vamos ao exercício na prática, não deixe de dar no mínimo quatro a seis abraços por dia em seu cônjuge, isso é o mínimo que se pode dar para manter vivo o relacionamento de um casal feliz.

<u>Um abraço cura, não deixe para depois, abrace bastante e seja muito feliz.</u>

O abraço também é um curativo muito eficaz para as feridas da alma.

Outro curativo que surte efeito imediato para toda ferida no relacionamento é o romantismo, esse curativo deixa tudo mais vivo.

Então iremos agora para a última parte dos curativos de amor, e vamos manter o casamento vivo, feliz e muito apaixonado.

Romantismo, o curativo perfeito no casamento

Se você está ferido(a) por falta de romantismo, a primeira opção a fazer é colocar uma música romântica, deixar a música envolvê-lo e relembrar os bons momentos juntos. Com muita atenção você precisa estar para perceber o que o seu cônjuge considera como carinho e o que ela pensa que passa dos limites. Talvez o que é romântico para você não seja para ela, ou o que é para ela não é para você.

Tirem um tempo para uma conversa a dois, vocês precisam conversar sobre os desejos de cada um, o que gostam o que não toleram e o que pode ser aceitável no relacionamento, tudo com muita atenção, carinho e palavras doces. Vocês precisam entrar em acordo para ter parceria no relacionamento. Para algumas pessoas, o beijo de língua é maravilhoso, outros já não suportam. Há também aquele que tem uma fantasia de fazer sexo oral, o outro acha inaceitável. Mas tudo tem que ser colocado às claras de forma que não venha a causar mais constrangimentos. Para alguns receber uma surpresa na presença dos amigos é algo maravilhoso, outros se sentem tão envergonhados que perdem totalmente a compostura e ficam irritados por tamanho constrangimento. Tem também aqueles que adoram beijar em público, e os que não aceitam nem uma bitoquinha (beijo tipo selinho).

Para ser curativo na forma romântica, precisamos antes de tudo saber se essas formas de demonstração de amor irão fazer a pessoa feliz ou não. Nada que uma conversa descontraída não possa descobrir, pois quem está casado tem todo tempo do mundo para conversar a dois.

> Como cerva amorosa, e gazela graciosa, os seus seios te saciem todo o tempo; e pelo seu amor sejas atraído perpetuamente. (Provérbios 5:19)

Quando Salomão, em sua plena sabedoria, escreve esse texto, ele não estava querendo dizer que a esposa seja inibida e envergonhada, ou ao marido que seja tímido na cama, mas antes ele declara: "e alegra-te com a mulher da tua mocidade!" (Provérbios 5:18), ou seja, ele está dizendo que sejam descontraídos, atirados, sem vergonha, entre as quatro paredes vale tudo para o cultivo de um bom relacionamento, desde que esteja em comum acordo e não fuja das leis divinas.

Você já perguntou de que tipo de carícias seu cônjuge gosta? Onde gosta de ser tocado, como prefere a posição na hora de fazer amor, se gosta rápido ou devagar? Tudo isso são detalhes que precisamos saber sobre nosso cônjuge, pois nem sempre o que dá prazer para um dá para o outro. Mas se você já sabe de tudo isso, ou fez todas as perguntas e descobriu todos os detalhes, é hora de preparar o ambiente para a cena que todo casal adora fazer.

Antes compre uma lingerie nova para ela, jogue o calção velho fora, compre um novo e compre também uma cueca apertada, coloque uns óleos de massagem perto da cama, uma música de fundo bem romântica, prepare o ambiente e vá fundo. A mulher também pode inovar e surpreender o maridão, jogando fora o velho *baby-doll* e colocando uma *lingerie* nova bem *sexy*, preparar o cenário, e chamar o gatão para o ninho de amor, garanto que não precisa chamar nem duas vezes, em muitos dos casos nem precisa chamar, é só se mostrar. Não existe curativo de amor mais eficaz

que esse, tudo é curado, o amor explode e tudo se torna como no início, ardente e muito prazeroso.

Existe também um curativo de que pouco falamos, mas que pode complementar em muito o momento do romantismo na cama: o beijo, o mais simples e despercebido dos curativos, mas muito importante e de muita eficiência, pois o ato de beijar, além de curar, tem muitos outros benefícios, como:

- Beijar queima calorias.
- Beijar aumenta a imunidade.
- Beijar alivia o estresse.
- Beijar pode aliviar sintomas de alergia.
- Beijar é bom para a higiene bucal.

Ela me beija todos os dias

Casal Josuel e Ariane, 7 anos de casados

Felizes para sempre

O casamento é mais do que uma união de propósitos, um partilhar de projetos de vida ou um empreendimento afetivo. O casamento é um símbolo do amor que Cristo possui pela Sua noiva, a Igreja. O casamento tem cunho eterno e é necessário dizer que alianças não têm fim, porque não existem para serem quebradas. Sendo assim, se Jesus estiver no centro do seu relacionamento, por Ele ser a rocha eterna, viverá um pedaço da eternidade em cada dia de casado. Pois a vida a dois pode ser muito gostosa, mas traz consigo um processo de adaptação importante para a manutenção do convívio. Precisamos também estar sempre abertos à empatia e ao diálogo para trilhar um caminho tranquilo até o tão sonhado felizes para sempre.

Mesmo na correria do dia a dia, devemos sempre trocar beijos apaixonados, principalmente quando o tempo está escasso, pois, para quem deseja usar beijos apaixonados como curativos de amor, o tempo vai sempre estar contra. Não deixe o tempo ser seu inimigo, use ele a favor, pergunte sempre que for possível para seu cônjuge se você já disse que o ama, e independentemente da resposta aproveite esse tempo para dar mais um beijo apaixonado. Invente e crie novas oportunidades para beijar e fazer declarações de amor, isso faz muito bem para vocês, além de queimar algumas calorias e aliviar o estresse.

Nossa dica é:
"Beije muito, abrace bastante e faça carícias no seu amor".

Capítulo 3
CICATRIZES

*Estar casado é não ter medo de se entregar,
amar intensamente e ter liberdade de ir e vir.*

Ela é meu sonho projetado e realizado

Jean Souza e Sthefannie Souza, 10 anos de casados

CICATRIZES

    Tratar as cicatrizes de um casal ou tentar resolver seus conflitos, para nós, não significa eliminar todas as diferenças, apagar da memória as mágoas ou fazer com que as pessoas ignorem as mágoas do passado, pois uma traição causa uma cicatriz na alma em alto relevo, não se apaga da memória algo desse nível, assim como se fosse rabisco de giz. Queremos levá-los a entender que as marcas do passado não podem nos levar para o fundo do poço, e sim devem nos levar a refletir sobre nossas ações nos dando alternativas para melhorar em nossas estratégias para tornar nosso casamento cada dia mais feliz, o coração mais vivo tornando-nos mais sensíveis a áreas que atraem carinho e compreensão.

    Infelizmente a infidelidade faz parte da rotina de muitos casais, e lidar com a traição não é uma tarefa fácil, é uma tarefa bem árdua, uma vez que esta desencadeia sentimentos e emoções bem desagradáveis e perniciosos, o que acaba gerando uma cicatriz profunda, um tremendo mal-estar em todos os envolvidos.

    Uma fala bem comum e o mal-estar mais visível logo em seguida ao descobrimento da traição é: "Você me enganou, me traiu da pior forma possível e imaginável! Eu estou desiludida, profundamente decepcionada com você e até com todas as pessoas que sabiam disso! O mundo tem sido uma fonte de desgosto desde a hora que você foi falso comigo! Não vou mentir pra você e dizer que não te amo, que não tenho sentimento por você, mas confesso que já não acredito em mais nada do que você diz que sente por mim! Eu apostei tudo em nosso casamento. Quis ser a mulher ideal pra você, a que daria amor todos os dias e em qualquer situação!".

    As marcas que uma traição causa vão além de uma cicatriz, são imensuráveis, com consequências que muitas vezes duram a vida toda; entretanto a pessoa que traiu, antes de qualquer coisa, traiu a si próprio primeiro, antes de trair a outra pessoa, pois perdeu a noção de enxergar as consequências da traição, bem como a perda de um valioso relacionamento.

Lembranças que não causam mais dor

Mas afinal o que é cicatriz e o que isso tem a ver com a vida conjugal?

Cicatriz geralmente é consequência de uma lesão que provoca marcas no corpo. Além do impacto estético, a perda da integridade da pele e tecidos subcutâneos facilita infecções, torna mais vulnerável a perda sanguínea e diminui a sensibilidade na área. Cicatrizes podem também comprometer o funcionamento e proteção de órgãos.

Trabalhamos com esse tema em nossas terapias para promover ações que venham a nos ajudar a proteger o órgão mais vital para o relacionamento conjugal, o coração. Uma lesão no coração causa um impacto estético muito visível para a vida de um casal e torna a vida mais vulnerável a infecções que venham a enfraquecer o relacionamento, tornando insensível para o amor e carinho. Para bloquear essas infecções, é necessário tomar doses periódicas de vacinas contra o divórcio. Para isso acontecer, precisamos antes de tudo tornar essas cicatrizes em benefícios para o casal em vez de prejuízo conjugal. São marcas que existem, entretanto não nos causam mais dor, mas nos ensinam a redobrar a atenção para não sofrer outra lesão. Esquecer uma marca tão grave é praticamente impossível. Mas perdoar é necessário para que tenhamos um ambiente harmonioso, onde não se abram as portas do coração para a ira, vingança ou remorso.

Quem não se lembra de quando era criança ter caído da goiabeira, de uma árvore no quintal de casa, ou daquele tombo quando brincava de *skate* na pracinha, de bater a cabeça contra a porta? Todos esses traumas deixaram marcas que não se apagaram com o tempo, no entanto lembramos e não sentimos mais dor nem tristeza pelo ocorrido.

Tenho muitas lembranças dos tombos de minha infância, muitas cicatrizes ficaram, que lembro e não sinto mais dor, outras nem lembro mais como aconteceram, mas uma coisa lembro com muita intensidade, toda vez que me machucava eu chorava bastante e sempre meus pais me consolavam e falavam "chora, meu filho, que antes de casar sara". Isso é verdade, com o tempo os traumas deixam de doer, e se bem consolados até chegamos a esquecer.

Podemos perceber que isso é um fato universal, nos machucamos no passado e continuamos a nos machucar no presente. São traumas que deixam marcas para o resto da vida, entretanto precisamos aprender com o passado, que os traumas aconteceram, deixaram marcas e não causam mais dor. Quando entendemos isso, começamos a ser curados do que nos machuca mais, as feridas não curadas no passado.

Essas feridas deixam cicatrizes que nos trazem à memória lembranças que queremos esquecer, experiências cheias de mágoas, sofrimento e muita tristeza, mas é com a cicatriz que temos a maior prova de que tudo já foi curado, o trauma foi superado e a ferida, uma vez exposta, agora está cicatrizada, essas lembranças servem apenas para dizer que tudo passa, que agora é tempo de colher novos frutos, o perdão já foi liberado.

> Tudo tem o seu tempo determinado, e há tempo para todo o propósito debaixo do céu.
>
> Ha tempo de nascer, e tempo de morrer; tempo de plantar, e tempo de arrancar o que se plantou;
>
> Tempo de matar, e tempo de curar; tempo de derrubar, e tempo de edificar;
>
> Tempo de chorar, e tempo de rir; tempo de prantear, e tempo de dançar;
>
> Tempo de espalhar pedras, e tempo de ajuntar pedras; tempo de abraçar, e tempo de afastar-se de abraçar;
>
> Tempo de buscar, e tempo de perder; tempo de guardar, e tempo de lançar fora;
>
> Tempo de rasgar, e tempo de coser; tempo de estar calado, e tempo de falar;

Tempo de amar, e tempo de odiar; tempo de guerra, e tempo de paz. (Eclesiastes 3:1-8)

Nessa passagem bíblica, o pregador, em sua grande sabedoria, nos mostra que tudo tem seu tempo, que o tempo de nascer passa, de plantar, de chorar, de rasgar, e que sempre chegam tempos bons depois da devastação de uma tempestade, o tempo de paz chega para trazer calma e bonança ao coração perturbado pelas emoções.

Paulo também nos afirma em sua primeira carta ao Coríntios que o amor vence todas as coisas e que tudo pode passar, mas o amor permanece.

> O amor é paciente, o amor é bondoso. Não inveja, não se vangloria, não se orgulha. Não maltrata, não procura seus interesses, não se ira facilmente, não guarda rancor.
>
> O amor não se alegra com a injustiça, mas se alegra com a verdade. Tudo sofre, tudo crê, tudo espera, tudo suporta. O amor nunca perece; mas as profecias desaparecerão, as línguas cessarão, o conhecimento passará. (1 Coríntios 13:4-8).

O amor não guarda rancor; isso pode até ser surpresa para muitas pessoas. Pois há alguns casais que são especialistas em voltar ao passado e reproduzir cada detalhe de eventos que aconteceram há muito tempo, que o outro já até havia esquecido, mas sempre tem aquele que diz que ama, entretanto faz questão de escavar o cemitério do passado para desenterrar todos os problemas mortos e sepultados, somente para afirmar, "você me pede perdão hoje, mas há muitos anos você fez a mesma coisa, não lembra?".

Toda vez que uma pessoa relembra um fato já vencido, ela revive as emoções do momento, sente as feridas, a dor e o desapontamento como se tudo tivesse ocorrido ontem, e usa tudo para acusar o parceiro, e o amaldiçoar dizendo que ele sempre foi assim e nunca irá mudar.

Agindo dessa forma, a pessoa corta todas as cicatrizes e abre as feridas novamente só para sentir a dor do passado, não dando chance alguma para o amor agir como agente de cura.

Essa pessoa nunca vai sair da enfermaria, nunca terá suas feridas cicatrizadas em definitivo, todo tempo as feridas irão sangrar, doer e nunca passarão.

A grande verdade é que todos nós temos falhas que poderiam ser usadas por nossos parceiros para nos causar dor e sofrimento por toda a vida, no entanto a maior mensagem bíblica é que existe o perdão. O rancor, o ódio e o afastamento foram gerados no coração devido à falta de perdão. As mágoas ou lembranças dolorosas fazem parte dos pensamentos, causando isolação e sofismas, mas, vez por outra, por um pequeno erro do dia, todas as mágoas se verbalizam causando mais dor e separação, ou simplesmente ficam escondidas no interior do coração por uma vida toda. Com esse contexto, a pessoa começa a se isolar, criando muros e barreiras, tornando-se rude e insensível com Deus e com o seu grande amor, que um dia foi a sua única paixão, gerando assim outras raízes de amargura eterna. Surge no decorrer da vida mais culpa, morando juntos ou separados, a baixa autoestima se instala, trazendo consigo doenças psicossomáticas, depressão e até o câncer. É preciso liberar o perdão a quem o(a) ofendeu e deixar o Espírito Santo trabalhar e sarar suas feridas. Quando não deixamos o amor de Deus trabalhar em nós por meio da doce presença do Espírito Santo para liberar perdão, nós nos comportamos como uma panela de pressão sem a válvula de escape, passamos a receber tanta pressão que chegamos a ponto de explodir.

> Se alguém tem causado tristeza, não o tem causado apenas a mim, mas também, em parte, para eu não ser demasiadamente severo, a todos vocês. A punição que lhe foi imposta pela maioria é suficiente. Agora, pelo contrário, vocês devem perdoar-lhe e consolá-lo, para que ele não seja dominado por excessiva tristeza. Portanto, eu lhes recomendo que reafirmem o amor que têm por ele. Eu lhes escrevi com o propósito de saber se vocês seriam aprovados, isto é, se seriam obedientes em tudo. Se vocês perdoam a alguém, eu também perdoo; e aquilo que perdoei, se é que havia alguma coisa para perdoar, perdoei na presença de Cristo, por amor a vocês, a fim de que Satanás não tivesse vantagem sobre nós; pois não ignoramos as suas intenções. (2 Coríntios 2:5-11).

Em situações assim, de muita pressão, a dor é inevitável em qualquer casamento, pois a mágoa causa dor, sofrimento, tristeza e isolamento. Mas, quando toda essa dor e sofrimento são causados por um cônjuge, os resultados podem ser ainda mais devastadores, produzindo uma onda de devastação que atinge toda a família. Mas todos nós somos capazes de perdoar e pedir perdão, e por muitas vezes ouvimos as pessoas dizerem: "meu cônjuge me feriu tão profundamente, que não sei se ainda voltar a amá-lo, me causou uma dor para o resto da vida, a partir de hoje podemos até viver juntos, mas não serei mais o seu par".

Essa é uma reação compreensível e previsível para alguém que suportou tanto descaso e dor por muito tempo até o ponto de explodir. Quando a ferida é profunda, causada por muitos anos sem tratamento, a ira insurgente resultante da pressão provoca reações impensadas, como a separação ou a sede de vingança, contudo, devemos nos lembrar que Deus nos amou quando ainda éramos pecadores, e que enviou Cristo para morrer por nós (Romanos 5-8).

Exercer o perdão total e de forma definitiva pode ser um ato de nossa própria vontade. Para um casal que cultiva a linguagem do amor, o perdão deve ser exercido diariamente, toda vez que for necessário. Para alguns o ato de perdoar pode até parecer algo fácil, mas, como toda e qualquer atividade, requer de nós muita determinação, disciplina, perseverança e uma boa dose de humildade. Com muito exercício de perdoar e amar, passamos a perceber que o perdão torna-se parte de seu estilo de vida, pois quem tem o amor como linguagem principal é indispensável ter o perdão na mesma linguagem.

Quando a pessoa exercita a prática do perdão, Deus cura todos os ressentimentos e as feridas da alma que ainda permeavam o relacionamento. O perdão é uma manifestação da graça de Deus, e devemos ter isso como nosso exercício de todo dia. Devemos tirar da mente que as pequenas coisas são bobagens e que serão esquecidas com o tempo; por menor que seja a ofensa, devemos sempre pedir perdão. Salomão nos alerta em seu romântico livro dos Cânticos que são as pequenas raposas que estragam a vinha (Cantares 2-15).

Lembro-me de um episódio em que uma ovelha nossa muito querida nos pediu a bênção para começar um romance real. Ficamos muito felizes pela transparência e fidelidade de nossa querida filha na fé, mas nós não poderíamos deixar de aconselhar o casal nesse início de caminhada. Tratamos logo de marcar um café para ouvir o pretendente. Fiz questão de no dia servir o café e de forma proposital não coloquei açúcar na xícara daquele simpático rapaz que se sentou em nossa mesa de forma tímida e um pouco nervoso. Depois que ele bebeu um gostoso gole do café, olhei para ele, reparei que não demonstrou desconforto pelo café amargo, então perguntei: "está bom o café, meu jovem?".

Depois disso conversamos por horas sobre o relacionamento, parceria, transparência e fidelidade; no entanto, para fechar aquele momento, eu falei para aquele jovem que já tinha sorrido bastante e deixado a timidez: *"são os detalhes que fazem a diferença na vida, você nunca vai esquecer esta conversa, nem esse café amargo"*.

Para muitas pessoas, os detalhes não são importantes e passam despercebidos e, para outro tanto, um detalhe faz toda a diferença. Para algumas pessoas, é muito difícil exercer o perdão, mas o que aprendemos na vida é que todos cometemos falhas, erramos e precisamos ser perdoados para que o amor venha florescer na sua totalidade de vida. Para isso devemos aprender a conviver com as limitações do outro, mas também devemos nos recusar a aceitar o erro como coisa natural na vida das pessoas. Outros podem até justificar seu erro na afirmativa de que erro é humano e que todos erram, não é por isso que vamos cair nas mesmas armadilhas todo dia, deveremos sempre estar vigilantes para não errar.

> Meus filhinhos, escrevo-lhes estas coisas para que vocês não pequem. Se, porém, alguém pecar, temos um intercessor junto ao Pai, Jesus Cristo, o Justo.
>
> Ele é a propiciação pelos nossos pecados, e não somente pelos nossos, mas também pelos pecados de todo o mundo.
>
> Sabemos que o conhecemos, se obedecemos aos seus mandamentos.(1 João 2:1-3)

Muitos estão vivendo em jugo desigual, ou se casaram e depois um afastou-se do caminho ou não professam a mesma fé. Nessa circunstância é preciso aprender a conviver com as atitudes erradas, sem concordar com elas e, ao mesmo tempo, amenizar as amarguras, impedindo que feridas surjam na alma, observando o mandamento de perdoar sempre, independentemente do que sentimos.

A amargura nos priva da soberana graça de Deus, devemos sempre estar debaixo da unção de Deus, buscando cura e restauração em nosso casamento. Conheço mulheres que, mesmo na igreja, vivem lançando palavras de maldição em vez de bênção para seu marido. Se perguntamos como está o marido, geralmente as primeiras palavras que vêm são: "aquele traste está lá, morto de bêbado", ou palavras do tipo: "aquilo não serve pra nada, é um imprestável". Uma vez eu convidei uma jovem senhora para a programação de casal e falei para ela convidar o esposo, ao que prontamente ela me respondeu: "nem se Jesus vier, ele entra na igreja".

> Semelhantemente vós, mulheres, sede submissas aos vossos maridos; para que também, se alguns deles não obedecem à palavra, sejam ganhos sem palavra pelo procedimento de suas mulheres, considerando o vosso procedimento casto e com temor. (1 Pedro 3:1-2).

Muitas mulheres estão jogando seu casamento na lama com palavras de maldição, pelo simples fato de não serem mulheres sábias. Muitas mulheres ficam frustradas com o marido, mas esquecem que foi escolha delas, entre tantos outros pretendentes. É preciso escolher muito bem para não se arrepender no futuro, mas, se o arrependimento vier, Jesus pode restaurar tudo. O que não se pode fazer é aceitar tudo como está e dizer que nada pode mudar essa situação, Deus não sonhou para nós uma vida de sofrimento, ou uma família derrotada.

> Porque eu bem sei os pensamentos que tenho a vosso respeito, diz o Senhor; pensamentos de paz, e não de mal, para vos dar o fim que esperais.
>
> Então me invocareis, e ireis, e orareis a mim, e eu vos ouvirei.
>
> E buscar-me-eis, e me achareis, quando me buscardes com todo o vosso coração.(Jeremias 29:11-13)

Os planos de Deus são bem maiores que nossos sonhos, entretanto as cicatrizes do passado ficarão para sempre, mas depende de nós como vamos conviver com essas marcas. O que vivemos hoje são resultados do que fizemos no passado, e isso não pode ser mudado, mas o que seremos no futuro depende do que somos hoje, e isso pode ser mudado todo dia.

> *O sucesso de nossa família depende do amor que declaramos todos os dias para os nossos filhos e nosso cônjuge.*
>
> *Não são as cicatrizes do passado que definem nosso futuro, são as marcas do presente.*

Quando eu morava com meus pais, eu via muitas coisas com que não concordava, muitas vezes testemunhei brigas dos meus pais pelo simples fato de um não ouvir o outro. Minha mãe sempre aconselhava meu pai antes de ele fechar algum negócio, eu não me recordo de alguma vez ele ter atendido algum conselho, e sempre que dava errado meu pai achava que era por causa da minha mãe que tinha desejado mal e sempre eles discutiam por isso.

Toda vez que eu via essa cena, repetia para mim mesmo, "quando eu casar vou lembrar-me de ouvir os conselhos de minha mulher". Essa atitude de todo dia é que define a minha felicidade conjugal, saber ouvir a minha esposa. Somos felizes porque sabemos ouvir um ao outro. É preciso lembrar todos os dias que a colaboração, assim como a confiança e a lealdade, são palavras mágicas e imprescindíveis ao alcance do sucesso no casamento. Sem colaboração, confiança e lealdade, fica realmente muito difícil a caminhada a dois. Assim, construir uma relação de confiança e fidelidade é preciso em todo tempo por toda vida.

Mas, se a felicidade ainda não é presente no casamento, ou se um dos cônjuges ainda não aceitou Cristo, é dever do outro orar pela felicidade conjugal e pela salvação de seu cônjuge, devemos orar pela paz e por nosso lar e pedir a Deus que retire de nossa mente os pensamentos das cicatrizes como feridas abertas, é preciso deixar de relembrar o passado para ter paz no presente.

Uma vez eu passei na porta do quarto de minha mãe e ouvi ela orando pelo meu pai, ela pedia misericórdia de Deus e salvação para seu esposo, que ele voltasse para os caminhos do Senhor. Lembro que ela chorava muito nesse dia falando com Deus, pois meu pai estava afastado dos caminhos de Deus e fazia muitas coisas erradas (como traição, jogos de cartas...), foi um tempo de muita escassez em nossa casa, muitas perdas aconteceram, mas a minha mãe foi sábia e insistentemente ela orava até que conseguiu a vitória em Cristo Jesus. Lembro bem que não foi uma luta fácil para ela, mas que em sua perseverança conseguiu a vitória tão desejada.

Devemos agir assim, se algo não está bem, ou não está da forma que sonhamos para nossa casa, devemos orar a Deus, perseverar na fé que a vitória vem.

Nossa dica é:

"ame sempre, esqueça o passado e construa seu futuro".

Marcas que o amor apaga

Graça e Paz, me chamo Jean Souza, esposo da Sthefannie Souza, nos sentindo honrados pelo convite e pela oportunidade de, pela segunda vez, falar sobre algo tão forte e tão marcante como uma cicatriz. Digo segunda vez, pois esse testemunho foi dado em um culto de casais que impactou nossas vidas e a vida dos presentes. Ao Pastor Ângelo Máximo e Lívia Rodrigues, agradecemos o amor, cuidado de sempre e a oportunidade. E a você que está lendo esperamos que esse testemunho edifique seu casamento.

Falar sobre cicatrizes seria impossível, sem que antes fosse contada a história por trás daquela marca, é improvável alguém se referir a uma cicatriz em seu corpo sem que pelo menos não conte o motivo pelo qual aquela marca ficou em seu corpo enquanto ele viver. Pois bem, nós todos carregamos marcas em nós, alguns já nascem com marcas, e mesmo nem lembrando como foi, sabem falar o porquê daquela marca estar ali. Todos nós já caímos quando criança, já tivemos que costurar coisas em nosso corpo, e por mais que naquele momento a dor parecesse ser eterna, percebemos que logo depois passa, sempre vamos lembrar o que aconteceu, mas uma ferida cicatrizada não gera dor. Vamos nesse momento contar pra você o motivo pelo qual estamos aqui, mas, para falar de cicatrizes, terei que voltar um pouco no tempo, e falar a nossa história.

Nos conhecemos aos 15 anos de idade, na ocasião eu era do louvor da igreja, ela da dança, namoramos com a aprovação das famílias e dos pastores. Após dois anos de namoro, os pais dela decidiram do dia pra noite ir embora da cidade em que morávamos, no Pará, e nós já com 17 anos não tivemos opção e fomos separados um do outro. Depois de quase seis anos sem contato, desestruturados emocionalmente, nos reencontramos e, como se um pudesse curar as feridas do outro desse período, nos casamos, depois de quatro meses de namoro a distância. Obviamente não tínhamos sido preparados nem estávamos psicologicamente preparados pra uma decisão tão imediata. Como existia uma história, lembranças incríveis de um namoro de dois adolescentes firmes na igreja e ativos em seus ministérios, nos apegamos às boas lembranças tentando invalidar tudo que aconteceu com os dois nos anos em que estivemos separados. E assim como uma ferida que é apenas coberta, sem que seja aplicado qualquer tipo de medicação, começamos a trazer pra dentro do nosso casamento coisas ruins, que facilmente refletiam em tudo que fazíamos; essas coisas ruins eram, no dia a dia, brigas, incompreensão, ignorância, falta de perdão, orgulho, muito orgulho e tantas outras coisas. Nesse tempo morávamos em Belém do Pará, estávamos bem empregados, estávamos indo para a igreja, chegamos a ser líderes de jovens, mas só nós e Deus sabíamos como era a vida dentro de casa. Um dia de férias em São Luís, MA, eu pensei: "claro!! A melhor coisa a fazer é mudar de cidade, Belém não nos faz bem, não conseguimos ser felizes lá". Assim eu fiz, nos mudamos de uma hora pra outra para São Luís, como se a culpa fosse do cenário, e não dos atores. É tão fácil culparmos tudo que está à nossa volta e jamais perceber o erro que estamos cometendo.

Como já se esperava, as brigas na nova cidade aumentaram, as mentiras chegaram, o orgulho decidiu vir com a gente também, minha esposa aguentou muita coisa calada, porque sabia que estávamos à beira da separação, e se já não fosse suficiente tudo isso, eu, sendo ativamente da igreja, do louvor inclusive, não poupei nosso casamento e traí minha esposa. Feridas, feridas e feridas! Ela me perdoou, mas o orgulho naquele momento falou tão alto que acabamos nos separando. Nessa altura os nossos pastores Nonato e Raquel já sabiam de tudo o que estava acontecendo. Tentaram fazer de tudo pra que tudo fosse resolvido, pra que a família fosse restaurada, mas o orgulho estava conosco, sem levar em consideração que temos uma filha, que nessa época tinha apenas 4 anos de idade e estava acompanhando tudo isso. Mesmo assim, com feridas abertas, e novas feridas sendo feitas, seguimos orgulhosos. Até que um dia eu liguei pro meu pastor Nonato, depois de um ano e meio e disse: "pastor, quero minha família de volta!!!".

Depois de ter fugido tanto dele, finalmente eu tinha decidido voltar, encarar e deixar o mestre dos mestres entrar. Minha esposa me aceitou de volta, ela sabia que era um processo por que nós dois precisaríamos passar, o Amor estava ali, mas as feridas doíam muito. Sabe, a gente se amava, mas doía tanto. Iniciamos um processo de discipulado, de verdade, contamos TODAS as verdades necessárias, eliminamos a mentira do nosso relacionamento, decidimos nos converter de verdade, inclusive eu fui na frente da igreja, aceitar Jesus na minha vida, fazia parte do processo, as feridas abertas na família começaram a ser tratadas, tenho meus sogros como pais pra mim, eles se preocupam, eles assim como meus pais me amam e sofreram muito, então era uma ferida aberta, minha filha tinha medo de qualquer dia eu ir embora, isso também era uma ferida aberta. Mas nós tínhamos a decisão de viver a verdade e essa verdade seria a única forma de todas as feridas serem remediadas. Tivemos discipulados em que nossos pastores nos confrontaram em todas as áreas da nossa vida. E uma a uma as feridas estavam sendo curadas, até o dia em que enfim nossa empresa quebrou, e depois de termos lutado tanto e prontos para viver o extraordinário aconteceu o que não esperávamos. Mas um dia o Senhor falou pra nós, tudo que foi conquistado fora da aliança, no período da separação teria que ir, tudo. E assim foi, máquinas, terreno, carro, dinheiro e tudo que foi necessário ir. Meu pastor falava, "permanece firme, macho", nossos amigos nos amaram e toda dor de nunca na vida termos amigos, pessoas pra contar foi curada. Hoje nossa família segue curada, sendo tratada, sendo amada e amando nossos líderes e amigos.

Contudo a mensagem que quero deixar pra você que é casado e por algum motivo se identificou com esse testemunho, quero lhe falar, só existe algo que pode salvar seu casamento, sua família, suas finanças: é a verdade, a verdade com seu cônjuge, a verdade com seus líderes, e por experiência própria eu lhe falo que não vale a pena viver duas vidas, uma na igreja e uma em casa, não vale a pena não amar sua esposa e marido. Hoje, depois de tantas curas, nós conseguimos olhar pra todas as feridas e perceber que fomos curados de tudo, curados na verdade.

Portanto, se permita ter amigos, se permita ser liderado, se permita ser remediado nas feridas, se permita ser amado, se permita ser invadido pelo Espírito Santo e deixar ele fazer morada no seu relacionamento.

Agora, sim, estamos no caminho para as conquistas, agora, sim, temos líderes que nos ensinam a prosperar em todas as áreas. Seja livre, seja feliz...

"A verdade é o remédio para cicatrizar todas as suas feridas, essa verdade tem nome, é Jesus..!!!"

Ela é minha eterna parceira

Casal Dorival e Mônica, 26 anos de casados, duas filhas: Andressa e Andreza

SAIBA OUVIR

O grande segredo deste princípio é saber conversar. Você sabe conversar com seu cônjuge? Você sabia que falar com alguém é diferente de conversar com ele? Falar é dizer o que pensamos, não importando a opinião de quem está nos ouvindo, sem preocupação alguma de escolher bem as palavras para não causar má impressão. Conversar é mais do que falar a respeito de algo. É ouvir e procurar entender sonhos, projetos, vontades e sentimentos.

Um casal morar em uma casa não significa que estão unidos, é preciso muito mais que morar juntos. Saber ouvir e apoiar um ao outro é uma ótima demonstração de união conjugal. Sejam felizes e conversem bastante.

Capítulo 4
O AMOR NO DIVÃ

Com parceria e cumplicidade, é possível driblar os problemas da vida a dois e viver um casamento feliz e duradouro.

O AMOR NO DIVÃ

A nossa vida é marcada por níveis e por fases, passamos por todas as etapas e levamos tudo como aprendizado para chegarmos ao fim. Muitas vezes ficamos nos perguntado o porquê de ter passado por tantos níveis de sofrimento ou por tantas fases na vida. O nosso subconsciente nos bombardeia com questionamentos e de lembranças do passado que muitas vezes nos causam profunda tristeza, mas que por outras nos trazem constante alegria. Na vida conjugal é exatamente isso que acontece todos os dias, cultivamos as lembranças que nos proporcionam felicidades ou as que nos colocam para baixo, com profunda tristeza. Precisamos sempre estar atentos em cultivar no relacionamento um bom testemunho, sendo fiel e integro, pois ser fiel é ser feliz, a felicidade do casamento depende da fidelidade conjugal.

> A testemunha fiel dá testemunho honesto, mas a testemunha falsa conta mentiras. (Provérbios 12:17).

Colocar o amor no divã é exatamente para deixar aflorar o que nos diminui para ser curado e cultivar a fidelidade que nos traz felicidade. Se todos, principalmente quem vive em um vínculo matrimonial, verbalizar tudo que causa dor e que seja feito de forma que possa trazer mais sofrimento e também expressar tudo que traga realização de felicidade e harmonia no lar, estamos caminhando para um bom entendimento e sucesso no casamento.

> Há palavras que ferem como espada, mas a língua dos sábios traz a cura. (Provérbios 12:18).

Muitas vezes o casal guarda suas emoções, e não procuram ser tratados por meio de ajuda externa ou simplesmente um diálogo sincero e sem ofensas. Acabam por depositar tudo em um recipiente limitado para guardar mágoas dentro do coração, que sem muita demora estoura provocando grande estrago. Muitos maridos guardam um sentimento no coração e ficam mentalizando esse sentimento e não conversam para tentar achar uma solução. Ele pensa:

- Minha esposa nunca está a fim, sempre tem uma desculpa, uma dor de cabeça...
- Parece que só eu gosto de sexo, ela não...
- Para ela sexo uma vez por mês está muito bom, e olhe lá...

Não é observando apenas o lado negativo das coisas que vamos construir um relacionamento feliz e durável, o pensamento negativo referente ao próximo é maquinar o mal e corrompe o coração.

> O engano está no coração dos que maquinam o mal, mas a alegria está entre os que promovem a paz. (Provérbios 12:20).

O relacionamento conjugal é dessa forma, nunca olhamos para nós mesmos, como causadores de algum desconforto, sempre olhamos para o outro como o grade vilão do relacionamento. A mulher também tem seus estigmas, ela pensa:

- Meu marido só pensa em sexo, ele quer toda hora e todo dia.
- Ele pensa que sou uma máquina, que só aperta um botão e pronto...
- Eu gosto de sexo, mas ele só pensa nele, no prazer dele, depois quero um beijinho e uma carícia, ele vira pro lado, dorme e ronca...

- Ele pensa que sexo é só na cama, durante o dia não faz um carinho.

Uma boa conversa sobre os sentimentos ou como você gosta de ser tratada pode trazer muita luz para o relacionamento, muitas vezes o homem age de forma que desagrada por não ter conhecimento, mas a mulher pode abrir os olhos do cônjuge com uma boa conversa e muito carinho.

> A mulher exemplar é a coroa do seu marido, mas a de comportamento vergonhoso é como câncer em seus ossos. (Provérbios 12:4).

Se todo casal conversasse sobre esses e outros assuntos antes de irem para a cama, certamente teriam muitos problemas resolvidos, o casamento seria muito mais feliz e animado. Infelizmente muitos casais fazem exatamente o contrário ou tentam até conversar, mas no momento e local errado. Nunca deixe para conversar sobre as dificuldades do relacionamento quando estiverem já na cama, o cônjuge que faz isso está pedindo para passar a noite chupando dedo e frustrado no cantinho da cama. A cama é o local de carícias e elogios, é momento de falar de como é bom estarem juntos, que se sente realizado(a), que você está muito mais feliz agora, e nunca diga "apesar de", se já quiser encerrar a conversa, diga "com tudo isso seremos muito mais felizes".

> O casamento deve ser honrado por todos; o leito conjugal, conservado puro; pois Deus julgará os imorais e os adúlteros. (Hebreus 13:4).

Conversa nesse sentido no ninho de amor, sem ofensas ou sentimento de culpa, torna o relacionamento mais forte todos os dias, pois problemas e dificuldades todo casal tem, e não é na cama que se resolvem conflitos.

> O prudente percebe o perigo e busca refúgio; o inexperiente segue adiante e sofre as consequências. (Provérbios 22:3).

A cama é o local onde o casal escolhe para ter uma noite prazerosa de sexo intenso, se bem que podemos variar o local e ir para a sala ou o banheiro, depende da criatividade do casal, mas no fim termina na cama.

Ao contrário de muitos conceitos equivocados a respeito do ato sexual, sexo não é apenas o que acontece quando marido e mulher tiram a roupa e se satisfazem de orgasmo. Para entender melhor, vamos ilustrar (sou difícil de entender as coisas, prefiro mais um desenho que palavras). Pense em um hambúrguer bem gostoso. Quando você quer comer um hambúrguer, logo pensa em um bem grande e delicioso, com um delicioso pedaço de carne no meio. Mas você não pensa só no principal, que vai dentro. Você pensa também no tipo de pão, de queijo, na alface, no tomate, na mostarda... Em tudo que vai complementar e realçar o sabor daquela carne no hambúrguer. A carne pura em si é comível, mas com o resto do hambúrguer é muito melhor.

Então, se você quer ter uma noite prazerosa, não pode pensar somente na mulher nua te esperando em cima da cama, como se fosse a carne do hambúrguer esperando para ser comida, tem que pensar em todos os outros detalhes para tornar a noite muito mais deliciosa.

Sexo não começa na cama. Não adianta brigar o dia todo ou ficar distante e querer se aproximar à noite só para fazer sexo e depois virar pro lado. A carne já está no ponto, mas precisa sempre dos complementos. Gary Chapman, em seu livro *As 5 linguagens do amor*, fala que todo casal precisa sempre de uma linguagem própria de motivação, palavra de motivação, tempo de qualidade, presente, atos de serviço, toque físico. Esse é o recheio para um relacionamento feliz e uma noite prazerosa, quanto mais recheio, mais delicioso o hambúrguer.

O sexo caprichado, bem feito, fala uma linguagem muito importante ao coração, "eu me importo com você". Não só fala como também cura muitos males no relacionamento. Por isso, quando menos fazemos sexo, mais distantes nos sentimos, e mais oportunidades se dão para que haja problemas entre o casal. É possível detectar quando um casal está bem e ativo sexualmente ou não, apenas observando seus temperamentos. Irritação, mau humor, frieza e falta de consideração um com o outro.

> Quem ama a sinceridade de coração e se expressa com elegância será amigo do rei. (Provérbios 22:11).

Em um casamento em que o sexo não é bem resolvido, qualquer problema se multiplica por mil.

A anatomia do homem resolve o sexo assim: sexo para o homem o é bem simples, para ele sentir vontade basta a mulher estar presente. O homem é como se tivesse um botão de ligar e desligar para sexo, basta apertar o botão que pronto, ele se arma todo, fica todo faceiro e quer logo chegar ao orgasmo de 3 segundos. Para o homem, o sexo começa e termina abaixo do umbigo e acima dos joelhos, nada mais importa.

A anatomia feminina resolve o sexo assim: sexo para a mulher é bem diferente do que é para os homens. Para a mulher, na sua mente, o sexo começa bem antes do anoitecer. Para a mulher, o sexo já começa pela manhã, com um bom-dia, um forte abraço. Dura o dia todo, com muita atenção e demonstração de carinho e elogios. O sexo para as mulheres começa acima do pescoço, e todo o resto importa.

O homem que entende onde o sexo começa e termina na mulher é muito mais feliz na cama e em outros lugares. Quando ele se importa com os detalhes do relacionamento, sempre vai ter muita atenção e cuidado vindos da mulher.

Salomão descreve bem o relacionamento recíproco em seu livro Cântico dos Cânticos.

> Para onde foi o seu amado, ó mais linda das mulheres? Diga-nos para onde foi o seu amado e o procuraremos junto com você!
>
> Ela: O meu amado desceu ao seu jardim, aos canteiros de especiarias, para descansar nos jardins e colher lírios. Eu sou do meu amado, e o meu amado é meu; ele descansa entre os lírios.

Ele: Minha querida, você é linda como Tirza, bela como Jerusalém, admirável como um exército e suas bandeiras. Desvie de mim os seus olhos, pois eles me perturbam. Seu cabelo é como um rebanho de cabras que desce de Gileade. Seus dentes são como um rebanho de ovelhas que sobem do lavadouro. Cada uma tem o seu par, não há nenhuma sem crias. Suas faces, por trás do véu, são como as metades de uma romã. Pode haver sessenta rainhas, e oitenta concubinas, e um número sem fim de virgens, mas ela é única, a minha pomba, minha mulher ideal! Ela é a filha favorita de sua mãe, a predileta daquela que a deu à luz. Quando outras jovens a veem, dizem que ela é muito feliz; as rainhas e as concubinas a elogiam. (Cânticos dos Cânticos 6-1:9).

Ela é a minha alegria

Casal Marcio e Wanderline, 13 anos de casados

Uma só carne

Em Efésios 5:31, está escrito: "O homem deixará pai e mãe e se unirá à sua mulher, e os dois se tornarão uma só carne". O amor entre dois pombinhos é autêntico, uma entrega total da própria pessoa: alma, coração, corpo, toda a própria vida, presente e futuro. Quando duas pessoas se amam, sabem que vão compartilhar toda a sua vida. O casal é isto: um com o outro para sempre, em tudo. Já não são dois, mas uma só carne e uma só vida. Antes eram duas vidas independentes, agora são dois inseparáveis.

O ato de estarmos casados ou morarmos juntos em um mesmo teto não traduz de forma literal que compartilhamos os mesmos sonhos, desejos e emoções, duas pessoas podem morar juntas e ter sonhos distintos, planos independentes. Quando vivemos conforme a Bíblia nos ensina, que deixará o homem pai e mãe e se unirá à sua mulher e serão ambos uma só carne, demonstra-se o verdadeiro sentido de estar casados, ser uma, com o outro, é compartilhar em tudo todas as coisas, o verdadeiro sentido de estarmos casados é viver em conformidade com o outro, eu sonho com você e nós realizamos nossos sonhos juntos.

Em uma resposta curta, qual é o propósito do sexo?

Se você fizer essa pergunta para um homem, ele vai responder com uma resposta curta e direta.

"Para Procriação."

Deus idealizou o sexo para casamento e, por meio do casamento, ele fornece um ambiente seguro para o nascimento de filhos.

> E Deus os abençoou, e Deus lhes disse: Frutificai e multiplicai-vos, e enchei a terra. (Gênesis 1:28).

Se fizer também a mesma pergunta para uma mulher, ela vai responder com uma resposta curta e indireta.

"Para companhia."

O sexo foi desenhado como uma experiência de criação de vínculo, unindo dois em um só.

> Portanto deixará o homem o seu pai e a sua mãe, e apegar-se-á à sua mulher, e serão ambos uma carne. (Gênesis 2:24)

O sexo também foi criado por Deus para prazer.

Aqueles que duvidam é só ler Cântico dos Cânticos e descobrir que o propósito de Deus para eles era o prazer sexual mútuo, a poesia desse livro sugere um relacionamento cheio de carícias, com muita intimidade, tornando tudo um relacionamento apaixonado e prazeroso.

Não gosto de sexo

Faço sexo porque é minha obrigação como esposa.

Isso é uma dura realidade que poucos homens conhecem, ou muitas vezes ignoram a falta de apetite sexual da esposa, que muitas vezes está ligada a uma patologia ou simplesmente à falta de conhecimento da parte do esposo em não saber como preparar a esposa para o ato sexual.

Lembro-me que aconselhados um casal prestes a se divorciar, e um dos motivos era o sexo, a esposa sentia dores na hora do ato e o marido parecia ignorar que a esposa sentia dores. Para tem um bom relacionamento sexual, é de fundamental importância tanto a mulher quanto o marido conhecerem o corpo um do outro e saberem os pontos que ativam o desejo sexual, isso com certeza ameniza e em muitos casos acaba com as dores no momento do prazer.

É hora de colocar o **amor no divã**, conversar abertamente sobre sexo pode parecer difícil para uns, mas a vergonha precisa ser colocada de lado e abrir o jogo sobre sexo, sobre o que dá prazer e como chegar lá juntos.

> Uma pesquisa da USP publicada em 18 jun 2016 concluiu que metade das brasileiras não tem orgasmo nas relações sexuais. O levantamento ouviu 3.000 participantes com idade entre 18 e 70 anos. No estudo, 55,6% têm dificuldade para chegar ao orgasmo. Entre as várias causas apontadas, 67% responderam que têm dificuldade para se excitar e 59,7% sentem dor na relação. (https://vejasp.abril.com.br/blog/sexo-e-a-cidade/pesquisa-da-usp-mostra-que-metade-das-mulheres-nao-chega-ao-orgasmo/)

Neste mundo tão cheio de apelos sexuais por toda parte, não gostar de sexo é algo um tanto esquisito, fora do comum. Não gostar de sexo é quase tão impossível quanto dizer "não gosto de ar", mas as pessoas morrem por falta de ar, e não por falta de sexo. Torna-se um tanto duvidoso ouvir alguém dizer que não gosta de sexo, a não ser que haja algo fisicamente errado, pois o sexo é bom e otimamente delicioso.

A princípio precisamos esclarecer que diversos fatores podem afetar o apetite sexual de uma pessoa, como violência física e sexual, tabus religiosos, ejaculação precoce ou retardada, problemas hormonais, problemas físicos como o vaginismo, também alterações na próstata, e tantos outros, que podem inibir a vontade de ter relação sexual. Questões psicológicas também estão por trás da maioria dos casos de ausência de libido, entretanto, podemos observar que a falta de desejo também pode ter origem psicofisiológica (junção de problemas físicos e psicológicos).

> Por essa razão, o homem deixará pai e mãe e se unirá à sua mulher, e os dois se tornarão uma só carne.
>
> Seja bendita a sua fonte! Alegre-se com a esposa da sua juventude. Gazela amorosa, corça graciosa; que os seios de sua esposa sempre o fartem de prazer, e sempre o embriaguem os carinhos dela. (Provérbios 5:18,19).

Sexo é bom e otimamente delicioso. Foi criado por Deus, e Deus não faz nada ruim. Se alguém diz que não gosta de sexo é porque nunca soube o que é um sexo prazeroso ou então até sabe, mas o parceiro ou parceira não tem o mesmo traquejo.

É bem simples chegarmos a um denominador comum, o marido percebe que suas preferências são diferentes da esposa, então é responsabilidade dele ajudá-la a descobrir o quanto pode ser bom para ela também, pois ela também precisa chegar ao topo da montanha. Enfatizo aqui "para ela" porque o alvo do ato sexual é dar prazer ao parceiro. Por isso, muitas mulheres não ligam para sexo, se sentem usadas pelo simples fato de que, na grande maioria, apenas ele consegue chegar ao orgasmo, ou seja só um tem prazer.

Se, mesmo depois que todas as formas de ajuda forem aplicadas por parte do cônjuge, o sexo continuar trazendo desconforto em vez de prazer, então está na hora de recorrer a um psicólogo, caso esteja incomodando. Pessoas que estão casadas precisam envolver o cônjuge nessas terapias. As sessões duram de 45 minutos a uma hora e são feitas individualmente e também em conjunto. O psicólogo traz à tona a criação, passado sexual e também questões religiosas ou profissionais, para desvendar as raízes do problema.

A obrigação do marido com sua mulher na cama é fazer com que ela chegue ao orgasmo. Sexo é para dar prazer ao parceiro, e não apenas buscar prazer próprio. Essa prática egoísta por parte de muitos homens de priorizarem apenas o seu prazer primeiro leva muitas mulheres a dizerem "não gosto de sexo". Todo mundo gosta de sexo quando ele é feito da maneira designada por Deus — para cobrir o parceiro de prazer. Para que isso aconteça, cada um tem que colocar o prazer do outro como prioridade.

> O marido deve cumprir os seus deveres conjugais para com a sua mulher, e da mesma forma a mulher para com o seu marido. (1 Coríntios 7:3)

Qual é o principal dever do marido com sua esposa? É cobri-la de amor, é dever dele dar muito amor e prazer a ela, ele tem os seus deveres com o lar, coma família, que é proteger e prover o sustento, mas a esposa está em primeiro lugar, antes de todos os outros. A ordem óbvia e lógica dessa prioridade é o prazer da mulher primeiro, depois o do homem. Por a mulher ser normalmente um pouco mais lenta que o homem para subir a montanha, se ele buscar chegar ao topo primeiro, ela sempre ficará a ver navios, ela nunca chegara ao topo do prazer sem a ajuda do esposo.

Estudos indicam que o homem leva de dois a três minutos para ejaculação depois da penetração. Já a mulher precisa em média de sete a doze minutos para alcançar o orgasmo.

Então, homens, o segredo para levar sua mulher às alturas é começar devagar, vá com calma, suba a montanha devagar e espere a sua esposa colocar as botas, invista nas preliminares e vá fundo, e leve ela para as nuvens. Se você conseguir levá-la para as alturas primeiro que você, ela não vai ver só as nuvens, vai ver as estrelas e o universo inteiro.

A mulher também tem seu dever nesse processo de prazer, ela pode ajudar seu homem nesse ponto mantendo relações periodicamente. Algo que precisa ser observado é a frequência com que se tem relações sexuais: se vocês só fazem sexo uma vez por mês ou menos, vai ficar difícil para ele se controlar quando vocês estiverem juntos. Então, querida, prepare-se, demonstre interesse pelo assunto e leve seu amado para ver as estrelas.

> Não se recusem um ao outro, exceto por mútuo consentimento e durante certo tempo, para se dedicarem à oração. Depois, unam-se de novo, para que Satanás não os tente por não terem domínio próprio. (1 Coríntios 7:5).

Temos observado, em nossos aconselhamentos de casais, que a maioria dos cônjuges enfrentam dificuldades nessa área do relacionamento conjugal e uma das principais razões para as dificuldades surgirem é a falta de comunicação. Veja bem, um casal não alcança a unidade sexual por meio de mágica; eles devem se comunicar abertamente sobre todos os assuntos e principalmente quando se trata de assuntos sexuais, as preferências e posições que cada um gosta, a posição que é boa para um pode não ser confortável para o outro.

Seu cônjuge nunca conhecerá seus sentimentos, suas necessidades e seus desejos se você não os expressar. Vocês nunca saberão o que agrada um ao outro se não se comunicarem, deixem a vergonha de lado e coloquem o sexo no divã, falem abertamente, como se sentem melhor na hora do sexo. Muitas vezes usar um gel lubrificante, ou um preservativo texturizado, ou até mesmo acessórios pode ajudar em muito no momento do prazer, mas para tudo isso acontecer é preciso diálogo, o comum amor.

> Porventura andarão dois juntos, se não estiverem de acordo? (Amós 3:3).

A insatisfação sexual no casamento é uma das grandes causadoras do adultério. "A Bíblia é muito clara quando diz que uma 'alma satisfeita ou farta despreza o favo de mel, mas para a alma faminta todo amargo é doce' (Provérbios 27-7)", ou seja, quando o marido e a esposa saem de casa com as necessidades da alma, inclusive sexual, satisfeitas, fica bem mais fácil resistir a todas as possíveis tentações do maligno.

Nossa orientação para o casal é que, mesmo se o dia for muito cansativo, façam sexo assim. Nem todos os dias serão regados por romantismo, fogo e paixão; haverá dias ruins e dias normais. O melhor mesmo de tudo são os dias anormais, quando pega fogo dentro do quarto e a cama parece ser pequena.

Voltando para a realidade, com um estilo de vida atarefado que vivemos na atualidade, quem não está cansado ao final do dia?

Na contramão de tudo existem algumas estações do casamento em que precisamos ficar em alerta e nos adequar de acordo com as mudanças do clima.

> Muito melhor é o homem paciente que o guerreiro, mais vale controlar as emoções e os ímpetos do que conquistar toda uma cidade. (Provérbios 16:32).

Um bom momento para exercermos esse sábio conselho de Salomão é depois da gravidez, quando a mulher não estará tão disposta a fazer sexo como antes. Muitas mulheres têm seu estado psicológico afetado após o parto, principalmente se for normal. Outro ponto que precisa ser observado é a diferença de idade muito grande de um para o outro: depois de uma certa idade não temos o mesmo fogo nem a mesma força da juventude.

Um ponto que afeta muitos homens é quando passam por alguma dificuldade no trabalho, fracasso profissional ou desemprego. Mudanças de horário de trabalho, viagens longas, e problemas de saúde são outros fatores que podem afetar a vida sexual. Para todos esses pontos na vida do homem, é de vital importância a parceria da esposa em saber conversar e motivar o marido, manter discrição, não fazer comentários nem por brincadeiras sobre o assunto na presença de outras pessoas.

> Como anel de ouro em focinho de porco, assim é a mulher bonita, mas indiscreta. (Provérbios 11-22).
>
> A mulher sábia edifica a sua casa. (Provérbios 14-1).

Ela coopera para melhorar as finanças da família, na medida em que seja necessário e viável; ela tem muita sabedoria em todos os momentos, é cuidadosa, carinhosa; e o trato com amor é a melhor maneira de vencer as dificuldades da vida.

> As palavras agradáveis são como um favo de mel, são doces para a alma e trazem cura para os ossos. (Provérbios 16:24).

Nada soa melhor nos ouvidos de uma mulher que um elogio, uma palavra de amor, uma voz *sexy*, suave e convidativa, frases do tipo: "amo seu sorriso", "você está muito gostosa hoje", "o teu cheiro me deixa louco", "não consigo ver você assim que fico logo excitado", "adoro te dar prazer", "você me realiza". Tudo isso gera satisfação e prazer, mas precisamos sempre estar de olhos bem abertos, atentos a todos os sinais de perigo. E façam as devidas neutralizações para não permitir que as setas malignas do tentador venham infiltrar o casamento e roubar todo o romantismo, é nosso dever como casal unidos por Deus manter a fidelidade e a felicidade na família.

> Com amor e fidelidade se faz expiação pelo pecado; com o temor do Senhor o homem evita o mal. (Provérbios 16:6).

Outra coisa que perturba em muito a vida de muitos casais são as dúvidas referentes ao sexo: sexo oral, sexo anal, fantasias sexuais, sobre o que pode e o que não pode em um casamento cristão, pois a Bíblia nos coloca a direção de que o casamento deve ser honrado e conservado puro.

> O casamento deve ser honrado por todos; o leito conjugal, conservado puro; pois Deus julgará os imorais e os adúlteros. (Hebreus 13:4).

Permeia também o pensamento de muitos cristãos uma grande dúvida referente à questão de ir ou não a um motel. Já temos ouvido muitos defenderem que pode, outros que não tem problema, mas devemos parar e observar e nos fazer uma pergunta, o que é e para que serve um motel? Um lugar exclusivamente usado para a prática do sexo, orgias, traições, encontros de casais, lésbicas, *gays*, bissexuais, transexuais e tantos outros gêneros inventados pelo homem.

Vejamos o que o maior *site* de enciclopédia multilíngue de licença livre, a Wikipédia, diz a respeito.

> Motel é um estabelecimento de hospedagem que se diferencia dos demais porque as pessoas geralmente vão até ele com o objetivo de manter relações sexuais.

Agora vejamos o que diz a Bíblia.

> O casamento deve ser honrado por todos; o leito conjugal, conservado puro. (Hebreus 13:4).

Em primeiro plano (porque o casamento foi o plano original de Deus para a família), temos a necessidade de afirmar constantemente que a intimidade sexual está intrinsecamente ligada ao contexto do matrimônio, marido e mulher, conforme a Bíblia nos ensina. Pressupomos também que motel não é um ambiente adequado para um casal cristão, pois, em nosso país, assim como cassino está ligado a jogo de azar, "motel" também está associado a promiscuidade e perversão. Em um sentido mais amplo, tudo que não presta para um casamento cristão acontece em um local como esse, no âmbito de possuir canais pornográficos ou prostituição,

UMA VISÃO CRISTÃ DO CASAMENTO

lugar em que muitos promovem orgia, adultério e sodomia[1] com suas fantasias sexuais depravadas. É um local tão pavoroso, que a única palavra que me vem à cabeça quando vejo um local como esse é chiqueiro (no mais popular linguajar maranhense, curral de porcos ou qualquer lugar imundo). Além de trazer para dentro do leito conjugal as práticas sodomitas podem trazer doenças graves ao homem ou à mulher que pratica, e estão fadados a sofrerem as consequências desse ato, pois a prática do sexo anal, além de não agradar a Deus, é prejudicial à sua saúde e à saúde do seu cônjuge.

Um dos grandes problemas é a aparência do mal que um chiqueiro pode gerar na vida de uma pessoa. Paulo escreveu uma sábia advertência:

> Afastem-se de toda aparência do mal. (1Tessalonicenses 5:22).

Portanto, queridos casais, o ideal é que vocês juntem um pouquinho mais de dinheiro, procurem um bom hotel e desfrutem de sua vida conjugal. O cristão deve ter sua vida guiada pelo Espírito Santo e compreender que tudo que fazemos nesta vida seja para louvar a Deus.

> Assim, quer vocês comam, bebam ou façam qualquer outra coisa, façam tudo para a glória de Deus. (1 Coríntios 10:31).

Convenhamos que o casamento deve ser respeitado e precisa estar debaixo da graça de Deus, e não exposto para os males deste mundo contaminado pelo pecado. Não quero trazer condenação para ninguém, nem tampouco dizer o que devem fazer: ir a um local, por mais cheio de demônios que esteja esse lugar, não é pecado; se assim o fosse, JESUS não teria ido ao inferno, para

---

[1] Sodomia é uma palavra de origem bíblica usada para designar atos praticados pelos moradores da cidade de Sodoma. Por muitos anos sodomia era interpretado como práticas sexuais. De acordo com a definição dos dicionários de língua portuguesa, a sodomia é a prática de sexo anal entre um homem e outro homem ou uma mulher.

não pecar, assim como também ir ao motel não é pecado, não é pecado ir ao *shopping*, circo, cinema e inúmeros outros lugares. Assim como o Apóstolo Paulo falou que podemos fazer todas as coisas, vejo que nós somos livres para desfrutar e comer do melhor desta terra, mas precisamos tomar muito cuidado com o que vamos fazer com nossa liberdade para depois não sermos acometidos pelas acusações do inimigo, trazendo-o condenação e tentando acorrentar todo aquele que der margem para ele agir, por isso, queridos casais, é preciso vigiar em todas as coisas.

O apóstolo Paulo diz que:

> Todas as coisas me são lícitas, mas nem todas me edificam. (1Coríntios 10:23).

Embora não seja pecado ir ao motel, analise bem o que vão fazer, pergunte para você mesmo, será que Deus vai se agradar com isso? Será que Cristo está abençoando minhas ações? Realmente eu preciso disso? Vai ser melhor para o meu casamento? Vai me edificar?

A Palavra de Deus nos revela que somos "a Luz do mundo" (Mateus 5:14). Deus nos fez luz, para andarmos na luz, um chiqueiro não é ambiente apropriado para os lavados e remidos pelo sangue do Cordeiro frequentarem, não somos porcos, somos ovelhas, e ovelhas não se deitam em chiqueiros. O casal evangélico não precisa frequentar o mesmo ambiente que aqueles que tentam ser felizes a partir da prática sexual ilícita, que causa desgraças, separações e morte. Você tem a graça e a mente de Cristo, não exponha sua vida nem desça ao nível mais baixo e fedido da raça humana.

Agora, você quer mesmo dar uma apimentada no seu relacionamento conjugal? Tenho algumas dicas. Se você estiver com pouca grana, mande as crianças para a casa da sogra, prepare o ambiente só para vocês, perfume o quarto, coloque uma *lingerie* nova e bem *sexy*. Se for o homem que for preparar tudo para surpreender a esposa, não esqueça de comprar uma cueca nova, de preferência um número menor do que costuma usar, faça a barba, passa um creme nos cabelos, organize o ambiente, seja criativo, na internet tem ótimas ideias.

Agora, se você preferir investir um pouco mais, programe uma viagem, só para vocês dois, passem um final de semana em uma pousada e desliguem o celular, muitas vezes ele tem atrapalhado muito nessas horas. Eu garanto que todo investimento na vida conjugal não é em vão, e tenho certeza de que, andando debaixo da graça de Deus, o seu casamento nunca ficará sem graça.

ENTRE QUATRO PAREDES

Entre quatro paredes, tudo é permitido?

Primeiramente queremos deixar bem esclarecido que o sexo foi criado por Deus para ser desfrutado exclusivamente no âmbito do casamento.

> Mas no princípio da criação Deus os fez homem e mulher. Por esta razão, o homem deixará pai e mãe e se unirá à sua mulher, e os dois se tornarão uma só carne. Assim, eles já não são dois, mas sim uma só carne. (Marcos 10:6-8).

Esse contexto estabelece claramente uma ruptura de vínculo paternal para dar início a um novo vínculo, o conjugal, que mais tarde foi chamado de casamento. Quando não ocorre a quebra do primeiro vínculo, ou o corte do cordão umbilical familiar, gera-se uma série de muitos outros problemas que não podem estar no contexto conjugal. Um deles é a dependência dos pais e falta de liberdade; morar na mesma casa com os pais depois de casados gera muitos constrangimentos e principalmente a falta de intimidade sexual do casal; ele não pode aproveitar todo o gozo da vida sexual para não incomodar ou perturbar os outros ocupantes da casa; diferentemente de quando se mora em sua própria casa, por menor que seja, onde o casal tem toda a liberdade para fazer o que bem entender e na hora em que quiserem, sem se preocupar com mais ninguém. Não existe coisa pior para um casal do que ter que abafar o grito ou gemidos de prazer na hora do êxtase, só para não escandalizar quem está do outro lado da parede.

Aproveitar o sexo, a intimidade sexual, conhecer todos os pontos de excitação do homem e da mulher faz parte desse prazer gostoso que está inserido no casamento, e Deus criou tudo isso para que homem e mulher sentissem prazer e uma vida prazerosa no matrimônio. Não tenho dúvida de que Deus criou o sexo para a satisfação sexual do casal, uma prova disso é que a mulher possui um órgão sexual que nem todo homem conhece (ou se conhece ignora) chamado clitóris (é um botãozinho na parte de cima da vagina, onde os pequenos lábios formam um "V"). A única função desse pequeno órgão é: dar prazer, perceba que o pequeno órgão não tem outra função no corpo feminino, a não ser liberar a sensação de prazer, o homem que conhece e sabe como funciona esse botãozinho nunca deixa a mulher sem subir a montanha.

O prazer é algo muito interessante que nos eleva a uma explosão de sentimentos que não se pode conter, veja só o que acontece no momento em que o órgão sexual é ativado para o prazer. Para chegar ao orgasmo, o sistema nervoso ordena, em primeiro lugar, que os batimentos cardíacos acelerem, autorizando um derrame do hormônio adrenalina. A substância faz o coração arrancar, por um bom motivo: não pode faltar sangue para os músculos, na agitação do sexo. Esse mesmo hormônio, despejado pelas glândulas suprarrenais, faz ainda com que as artérias se dilatem, facilitando a passagem do sangue. Este precisa estar oxigenado — daí que os pulmões também aumentam o ritmo de trabalho; a respiração torna-se rápida e curta. Toda essa superatividade física leva o corpo a esquentar, como um motor prestes a fundir. E, feito a água do radiador de um carro, o suor passa a jorrar na pele, na tentativa de controlar a febre do desejo. No cérebro, por sua vez, um crescente número de neurônios passa a secretar substâncias ativadoras de certas regiões, que são reconhecidamente o centro das sensações de prazer (no homem a glande e na mulher o clitóris). Foram elas, aliás, que comandaram aquelas reações do corpo, como o aceleramento do coração. Até que, no limiar do esgotamento físico e da exaustão dos neurônios, outra região cerebral, a do desprazer, contra-ataca com uma descarga de endorfinas, para acabar com a festa — e com o risco de pane cerebral.

91

Nos pequenos espaços entre os neurônios, as endorfinas com forte efeito calmante vão se misturar às substâncias excitantes liberadas pelas zonas de prazer. Assim, por alguns instantes, tanto as áreas de prazer como a do desprazer entram no curto-circuito do orgasmo, e mandam faíscas para outras partes do sistema nervoso. Entre elas, as responsáveis pelos movimentos de certos músculos — eis o comando para o espasmo da ejaculação, que sempre acompanha o gozo masculino. Há quem se contorça por inteiro, involuntariamente, até o cérebro se pôr em ordem. Quando isso acontece, sobra o cansaço da intensa atividade física, capaz de consumir a mesma quantidade de calorias de uma partida de tênis, de 420 a 660. Resta, também, o relaxamento provocado pelas endorfinas, que, depois de serem descarregadas em alta dosagem no cérebro, terminam se espalhando pelos músculos, arrastadas pela corrente sanguínea.

Existe uma explosão de emoções acontecendo em nosso organismo no momento do prazer, que não pode ser contida, por isso o certo é cada casal no seu quadrado e extravasar na hora da satisfação sexual. Morar com os pais não é bom para um casal, mesmo que a ideia seja economizar o dinheiro que seria pago no aluguel para a poupança para a compra da tão sonhada casa própria, é preciso analisar bem com muito cuidado e fazer um esforço para não permanecer nessa dependência de morar com os pais, porque isso causa uma grande ausência de oportunidades para desfrutar de privacidade com a sua esposa ou com o seu marido e ninguém pode gritar ou andar pelado pela casa.

Sexo anal

Muitas dúvidas surgem quando se trata do que um casal evangélico pode fazer entre quatro paredes, e muitas dessas dúvidas ficam sem respostas, entre elas está o sexo anal. Hoje é muito comum ouvir das pessoas que as preferências sexuais são uma questão particular de cada um, e que somos obrigados a aceitar todo tipo de imoralidade, sem ter o direto de reclamar, podendo até sermos tachados de homofóbicos. E isso implica que os valores morais dependem agora da vontade de cada um, a moral e civismo de cada indivíduo não se aprende mais nas escolas. Lembro que, quando estudava, na década de 90, tínhamos uma matéria chamada Moral e Cívica, ou Educação Moral, em que todas as boas práticas eram ensinadas. Hoje não vemos mais isso nas escolas, as regras mudaram, a verdade deixou de ser a coisa certa, e o errado passou a ser aceito como politicamente correto. Entretanto, para os que permanecem acreditando na verdade e em Deus e aceitam a Sua Palavra como única regra de fé e prática, há uma compreensão acerca da existência de princípios baseados no amor de Deus e Seu propósito para a raça humana.

Já encontramos muitos casais em conflitos por falta de esclarecimento na palavra, perguntas do tipo: "Meu esposo tem me pressionado a praticar sexo anal e oral. Tenho muitas dúvidas sobre o tema"; "Ultimamente temos vivido em constantes tribulações sobre a prática sexual com meu esposo, o que devo fazer?"; "Tenho certa timidez em fazer perguntas sobre as nossas intimidades a um conselheiro que nos conheça"; "Acho muito vergonhoso falar sobre sexo, pra mim é um tabu".

Perguntas nesse sentido permeiam o pensamento de muitas esposas; ao mesmo tempo, se faz necessário ter informações a respeito das práticas sexuais, para que o casal possa desfrutar do melhor que o Criador nos concedeu e fazer apenas o que é agradável a Deus.

Estudando verificamos que a Bíblia não fala explicitamente em sexo anal, mas fala em sodomia. A palavra sodomia é geralmente usada para descrever práticas carnais não naturais, mencionadas pela primeira vez em Gênesis 18 e 19, em relação à destruição de Sodoma e Gomorra. Em Romanos 1:26-29, o apóstolo Paulo condena a prática da sodomia. Vejamos que essa é uma palavra bastante conhecida e empregada nesse contexto para se referir aos atos de perversões sexuais praticadas pelos habitantes de Sodoma e Gomorra, entre eles o sexo anal.

Trocaram a verdade de Deus pela mentira, e adoraram e serviram a coisas e seres criados, em lugar do Criador, que é

93

bendito para sempre. Por causa disso Deus os entregou a paixões vergonhosas. Até suas mulheres trocaram suas relações sexuais naturais por outras, contrárias à natureza. (Romanos 1:25,26).

Sodomia é condenada pela Palavra de Deus. Mas o que é sodomia? Essa é uma palavra derivante de sodomita, um adjetivo pátrio dos habitantes da antiga cidade de Sodoma, que foi destruída por Deus porque seus pecados eram gravíssimos, está escrito em Gênesis 18:20. A palavra sodomita passa a descrever a personalidade, as práticas e os hábitos pecaminosos dos cidadãos de Sodoma e das pessoas que praticavam as mesmas coisas, a imoralidade e depravação sexual, como o sexo anal entre homens ou mulheres, estupro coletivo, abuso sexual etc.

> Assim como Sodoma e Gomorra, e as cidades circunvizinhas, que, havendo-se entregue à fornicação como aqueles, e ido após outra carne, foram postas, por exemplo, sofrendo a pena do fogo eterno. (Judas 1:7).
>
> E, semelhantemente, também os homens, deixando o uso natural da mulher, se inflamaram em sua sensualidade uns para com os outros, homens com homens, cometendo torpeza e recebendo em si mesmos a recompensa que convinha ao seu erro. (Romanos 1:27).

Em suma, referente a sexo anal, afirmamos que o ânus faz parte da anatomia de todos os animais, e tem uma finalidade distinta, serve apenas como excretor do corpo, definitivamente não tem nada a ver com o aparelho reprodutor. Esse órgão foi criado para expelir as impurezas produzidas pelo corpo, ou seja, Deus nos fez com o ânus somente para a defecação.

Além de trazer para dentro do leito conjugal o espírito de homossexualismo e prostituição, o sexo anal pode trazer doenças graves ao homem ou à mulher que pratica, e estão fadados a sofrerem as consequências desse ato, pois a prática do sexo anal, além de não agradar a Deus, é prejudicial à sua saúde e à saúde do seu cônjuge.

Sexo oral

Algumas religiões e denominações condenam a prática do sexo oral, e se você faz parte de alguma delas precisa respeitar. A Bíblia não diz nada sobre fazer sexo oral no casamento, nem a favor nem contra. Essa é uma decisão que marido e mulher devem tomar em conjunto, de acordo com sua consciência.

> Porventura andarão dois juntos, se não estiverem de acordo? (Amós 3:3)

O relacionamento entre marido e mulher, ao longo de toda a Bíblia, é indicado como um relacionamento de amor, e não de abuso, o casal pode usar alguns princípios bíblicos para orientar sua decisão. Mas em prática existe uma certa fascinação natural do homem pelos seios da mulher, e se há essa fascinação do marido por sua esposa ambos devem estar em acordo, pois o desejo natural que vem desde criança é de pegar e mamar, é o instinto natural: a propósito não é para isso que servem os seios? Mas, para tiramos a dúvida se é bíblico ou não, vemos em Provérbios 5:19, que diz: "Saciem-te os seus seios em todo o tempo; e embriaga-te sempre com as suas carícias". Vemos algo ainda mais aberto sobre o tema em Cantares de Salomão 7:7-8, que aborda muitas questões sobre a intimidade conjugal e fala sobre a mulher: "Esse teu porte é semelhante à palmeira, e os teus seios, a seus cachos. Dizia eu: subirei à palmeira, pegarei em seus ramos. Sejam os teus seios como os cachos da videira".

Anatomicamente falando não identificamos a correlação exata entre as mãos e os lábios do esposo e os seios de sua esposa, mas parece ser natural esse sentimento de possuir e tocar algo que atrai e traz satisfação, em outro sentido, a saber, no prazer e desejo inerente que Deus, em sua Palavra, parece recomendar para o nosso deleite no casamento. Sendo assim, eu não acho que devamos limitar o casal com base na ideia de que não é natural, eu defendo o pensamento que diz tudo ser permitido entre as quatro paredes, desde que não fira o sentimento do outro nem as leis de Deus.

Muitos casais gostariam de ter uma resposta pronta e clara sobre o assunto, porém existe muita divergência de opinião entre os pesquisadores da área. Uns são radicalmente contra e outros a favor, a Bíblia tem alguns textos que podem nos direcionar quanto a uma vida sexual feliz e saudável.

> Beije-me ele com os beijos da sua boca; porque melhor é o seu amor do que o vinho. (Cantares 1.2)
>
> Qual a macieira entre as árvores do bosque, tal é o meu amado entre os filhos. Desejo muito a sua sombra e debaixo dela me assento; e o seu fruto é doce ao meu paladar. (Cantares 2.3)
>
> Bebe a água da tua cisterna, das correntes do teu poço. Seja bendito o teu manancial, e alegra-te com a mulher da tua mocidade. Como cerva amorosa e gazela graciosa; saciem-te os seus seios em todo o tempo, e pelo seu amor sê atraído perpetuamente. (Provérbios 5.15,18,19)
>
> Seu umbigo é taça redonda onde nunca falta bebida de boa mistura. Oh, o amor e suas delícias! Seu porte é como o da palmeira, e os seus seios como cachos de frutos. Eu disse: Subirei a palmeira e me apossarei dos seus frutos. Sejam os seus seios como cachos da videira e o aroma da sua respiração como maçãs, e a sua boca como o melhor vinho. (Cantares 7.2,7-9)

O que um casal evangélico pode fazer entre quatro paredes deve estar de acordo com a satisfação sexual de ambos. Se um não se sente confortável com o sexo oral, o outro não tem direito nenhum de obrigar a fazer. E o sexo oral, em minha opinião, é uma forma de carícia, mas, se for desconfortável para seu cônjuge, respeite. Os cônjuges devem estar sempre prontos a dar ouvidos aos sentimentos do outro e agir de maneira amorosa e que demonstre respeito.

Na prática, isso tudo significa que tanto o marido quanto a mulher podem dizer um ao outro, "eu gostaria de fazer amor dessa forma ou nesta posição", os dois têm o direito de dizer, "eu não me sinto confortável assim e não gostaria de fazer".

Produtos eróticos

Não é muito comum entre os casais evangélicos o uso de produtos eróticos, no entanto não é proibido nem pecado, mas dentro do limite. Esse é um tema que pode ser colocado no divã e ser esclarecido também para sanar as dúvidas dos casais que pretendem utilizar fantasias, acessórios e produtos para apimentar a relação sexual. O sexo dentro do casamento é uma relação entre marido e mulher, e se decidirem aderir à fantasia também não podem fugir da normalidade nem ir contra os princípios bíblicos.

Quebrar a rotina na relação sexual pode ser muito saudável para o casal, pois com o passar dos anos o interesse sexual pode diminuir. Mas é preciso cuidado na hora de escolher a fantasia ou acessório usados na hora do sexo. Queremos deixar claro que a *sexshop* é uma loja de conveniências como todas as outras, tem produtos para todos os gostos, é preciso observar que nem tudo aquilo que tem dentro de uma loja como essa é algo que o casal cristão deva usar. Dentro de uma loja de conveniências tem bebidas, e eu sei que tem, não é surpresa para mim, portanto eu nem olho pro lado que estão as bebidas, assim também na *sexshop* os filmes pornográficos, eu nem chego perto, pois para um casal cristão não é aconselhável, permitido nem aceitável encher seu coração com imagens de filmes pornôs para estimular a relação sexual. Mas você pode comprar uma fantasia de oncinha e se esconder na casa para o maridão caçá-la com a espingarda dele.

O casal também pode usar de outros adereços para criar um clima no ambiente, óleo de massagem, roupa íntima especial, músicas românticas apropriadas, velas aromáticas, aromatizadores de ambiente, géis de estímulo, géis excitantes, lubrificantes íntimos, alguns joguinhos. E, lembrem-se sempre, qualquer coisa que for feita dentro da relação sexual do casal precisa estar muito bem alinhada em comum acordo, pois, se for algo feito forçado, para satisfazer somente uma parte, não está agradando a Deus. O sexo não pode ser praticado somente com a intenção de prazer pessoal, não pode ser praticado de forma egoísta, o prazer e a satisfação precisam ser dos dois.

Algumas mulheres, e homens também, com o passar dos anos perdem a libido e o desejo sexual. Quais as causas para isso acontecer nos homens?

Problemas hormonais podem estar relacionados ao envelhecimento natural do organismo, que é o mais comum. Também alguns tipos de tratamento ou remédio inibem a produção de testosterona (entre eles radioterapia e quimioterapia). A obesidade também pode gerar uma alteração e até mesmo alguma cirurgia.

A testosterona, a prolactina e o hormônio tireoidiano são as substâncias que, quando em níveis irregulares no organismo, podem influenciar a libido do homem. Porém, entre as três, a testosterona é que requer maior atenção, afinal de contas, ela é o principal hormônio masculino. Quando o hormônio apresenta quantidades abaixo do normal (entre 300 a 900 nano gramas por decilitro de sangue), ocorre uma menor ativação dos receptores no cérebro que são responsáveis pela ativação da libido, fazendo com que o desejo sexual diminua. Existem vários tipos de tratamentos para a perda de potência e disfunção, mas o primeiro passo é fazer uma avaliação clínica e psicológica para saber se está tudo bem com a saúde física e mental.

Quando o corpo passa por situações de nervosismo extremo, isso afeta o sistema límbico do organismo, que produz a serotonina, neurotransmissor da alegria e do prazer, o que pode levar à redução do desejo sexual. Além disso, o estresse pode provocar a queda no nível de testosterona. Mas também o cansaço ou rotina que afastam o casal podem contribuir de forma considerável para a diminuição da libido ou desejo sexual. Isso acontece não pela falta de amor ou atração física, entretanto pode ser resolvido com uma boa conversa, pois o que o corpo deseja é descansar e repor as energias.

Então, para ajudar vocês a driblarem as adversidades que podem atrapalhar o momento do prazer, o casal pode recorrer sem medo ao uso de produtos que podem ajudar a animar o rapaz. Lembrem-se, nada de exageros e com muito diálogo, porque o prazer sexual é para se sentir a dois, pois em uma coisa todos concordam, sexo é bom e quanto mais vocês o fazem, mais vocês querem fazer. Observe que essa mesma regra vale para o inverso, quanto menos vocês fazem, menos vão querer fazer.

O nosso recado é: faça sexo, faça bem feito e faça regularmente.

BOAS VERDADES

Muitos homens acreditam, de maneira errada, que, se trabalharem num emprego fixo e trouxerem para casa o sustento de todo dia, isso é o suficiente para completar a necessidade emocional mais básica da mulher. O sustento do lar é importante, mas não é o principal ingrediente para fazer com que uma mulher possa sentir-se cuidada e amada. O esposo sábio e emocionalmente equilibrado, além de demonstrar carinho suprindo as necessidades financeiras da mulher, também entrega a ela uma soma muito grande de amor e cuidado. Em termos de valores monetários, nenhuma soma de dinheiro no mundo pode compensar a necessidade emocional de uma esposa.

Outros fatores também aumentam de forma sobrenatural as expectativas de uma esposa, completando o tanquinho das necessidades espirituais e sexuais. É como um carro: quando completamos o tanque, temos a certeza de que vamos até o fim da viagem. Dessa forma você entenderá a principal linguagem do amor de sua esposa e a falará com regularidade. Ao mesmo tempo, fará pequenas paradas, como na viagem, uma paradinha de vez em quando faz bem para todos. Sua esposa viverá com um tanque de amor cheio, e há grandes chances de que ela admire grandemente o marido que satisfaça essa necessidade e responda positivamente a ele.

Lembro-me de uma viagem que fiz em família para a baixada maranhense, nessa viagem levamos minha sogra juto, na época eu trabalhava fazendo muitas viagens semanais e já tinha construído um habito de fazer uma parada em determinados pontos, geralmente em horários próximo ao meio dia para almoçar, mas quando viajamos com idosos ou pessoas que não tem o habito de viajar, devemos ter o cuidado de perguntar com frequência se a viagem está confortável, se todos estão bem, ou se alguém quer uma paradinha para ir ao banheiro. Perguntas que eu não fiz para minha sogra, que depois de certo tempo ela começou a perguntar se eu iria parar em algum lugar, e depois da terceira vez que ela perguntou, eu entendi que ela realmente queria fazer alguma necessidade. Depois que paramos e todos foram ao banheiro, aproveitamos para fazer um lanche, então minha sogra falou de forma bem alegre, que eu não parava nem para urinar. Foi um dia de aprendizado para mim, hoje toda viagem que azemos sempre fazemos muitas paradas.

Ela também tem uma profunda necessidade de segurança. Trata-se primeiramente de uma necessidade física, a necessidade de proteção — sair da cama às três da manhã para investigar um "barulho estranho", mas sua maior necessidade de segurança é a garantia profunda de que seu marido está comprometido com ela. O marido que ameaça sua esposa com o divórcio ou que, sem pensar, faz comentários como "você estaria melhor com outra pessoa" está seguindo um padrão perigoso, pois um bom motorista nunca deixa seu principal passageiro na metade do caminho ou abandona na beira da estrada. O esposo amoroso fará esforços para comunicar à sua esposa que, aconteça o que acontecer, ele estará com ela nessa viagem até o fim. Se houver desacordos, ele deve dar uma pausa para ouvir, entender e buscar resolução. Se ela sofrer de dor física ou emocional, ele estará sempre pronto para socorrer e ajudar. O marido apaixonado também está sempre preocupado com o senso de valor de sua mulher, que é a joia mais preciosa, está sempre dando proteção e lustrando com palavras de amor, deixando-a cada dia mais linda e apaixonada, e é natural que nesse ambiente de amor e paz gere-se uma atmosfera de admiração e parceria. Se ela optar por ser uma mãe que trabalha em casa ou uma executiva de sucesso, ele apoiará a decisão dela de todo o coração. Qualquer uma dessas vias gera um ambiente de harmonia e confiança para o casal, mas para todo valor adquirido no casamento poderá exigir sacrifício das duas partes. Ambos, porém, devem sempre estar dispostos a conversar sobre suas preocupações e buscar entendimento e união, porque estão comprometidos com o bem-estar do casamento e o sucesso da vida a dois.

Conselhos práticos

Práticas que podem ajudar os casais que buscam ajustamento:

1. Nunca seja egoísta, pense na realização do cônjuge (1Co 7.2-5).
2. Elimine os complexos por meio da oração e da compreensão.
3. Lembre-se, o cansaço pode ser a causa do fracasso.
4. Desenvolva uma comunicação franca nesta área.
5. Procure não praticar o ato com a tensão de um problema.
6. Reserve tempo para o exercício do ato.
7. A privacidade do casal é de fundamental importância.
8. O asseio é uma necessidade de todos.
9. A preocupação com uma possível gravidez pode ser a causa da baixa qualidade da relação sexual.
10. Nunca se esqueça que o homem se excita pelo que vê, já a mulher, mais pelo que ouve.
11. Nunca tenha o sexo como obrigação, o ato conjugal deve ser espontâneo.
12. Cuidado com a contaminação do leito, que deve ser sem mácula.
13. Cuidado com as relações "pornográficas" (Rm 1.26,27).

Estamos no penúltimo capítulo do livro, gostaríamos de aplicar uma tarefinha para ajudar no diálogo e na intimidade sexual do casal.

Tarefa: faça uma lista de coisas que melhorariam essa parte do seu casamento. Peça a seu cônjuge para dar ideias e, depois, compartilhem suas listas.

Lembre-se: a comunicação pavimenta a estrada que leva à satisfação sexual mútua no casamento.

Casal Marcos Veras e Ceiça Veras, 16 anos de casados, uma filha: Ana Sophia

A ARTE DE PERMANECER CASADOS

Aqueles que são casados há muitos anos, geralmente, testemunham que só o amor não sustenta uma relação. A relação duradoura depende tanto de amor como de compromisso — muito amor, e compromisso firme.

A atitude própria de todas as pessoas que adquirem um bem durável é programar-se para o natural cuidado de sua manutenção. Assim fazemos quando adquirimos uma casa, um carro ou mesmo algum eletrodoméstico. Na verdade, até mesmo a garantia da maioria dos bens depende de sua manutenção adequada. O mesmo acontece quando se deseja construir um casamento durável. Sem manutenção adequada, os casamentos se tornam vulneráveis e frágeis.

Capítulo 5
ALTA DA PAIXÃO

*Assim como as estações, a paixão passa,
mas o amor permanece para sempre.*

ALTA DA PAIXÃO

Todo relacionamento tem os seus pontos altos e baixos, todo casamento tem feridas e cicatrizes, isso é inevitável! Mas, se você conseguir aguentar bem os pontos baixos, resistir contra todas as investidas do inimigo do casamento e souber tratar todas as feridas, tudo vai melhorar. As cicatrizes não terão mais dor, as feridas deixarão de ser lembranças ruins e passarão a ser uma experiência de vida. E o casamento voltará a ser feliz.

Esse momento de superação das crises e dificuldades no casamento chamamos de Alta da Paixão, "quando as maiores barreiras já foram vencidas e o amor é a palavra-chave" do relacionamento, pois ninguém se exime de viver a decepção nem o sofrimento provocado pelo outro. A melhor direção a tomar é a busca constante do diálogo a cada momento, buscando sempre a alta da paixão, o ápice do amor conjugal, tendo como premissa o amor de Deus, que é maravilhoso, que está sempre pronto para perdoar e superar nossa humanidade ferida pelo pecado. E ELE sempre nos dá em todo tempo uma nova chance, um começar tudo de novo, com a alma lavada pelo Seu Sangue e totalmente perdoada.

Na contramão do mundo e de muitos pensamentos errôneos em que o mundo divulga casamentos destruídos, desestruturados, e cheios de desentendimentos, nem todos os casamentos e relacionamentos sérios estão fadados a se transformar em um tédio, brigas e frustrações e falta de amor. Nada disso, com um pouquinho de humor e algum jogo de cintura, e, claro, muito amor, dá para contornar a maioria dos problemas e transformar o casamento em um relacionamento harmonioso e cheio de bênçãos. Veja o que a Bíblia nos fala que devemos fazer todos os dias para termos um casamento de bênção.

> Desfrute a vida com a mulher a quem você ama, todos os dias desta vida sem sentido que Deus dá a você debaixo do sol; todos os seus dias sem sentido! Pois essa é a sua recompensa na vida pelo seu árduo trabalho debaixo do sol. (Eclesiastes 9:9 NVI).

Atingir o equilíbrio no casamento leva tempo. No início todo casal passa pela fase do encantamento, fase inicial do convívio, quando ambos estão se conhecendo. Não se constrói de um dia pro outro de forma repentina um casamento equilibrado, no casamento sempre vamos precisar de muito diálogo, paciência, compreensão, dedicação, carinho e muito bom humor. Paixão somente não sustenta toda a composição complexa que surge em um relacionamento. Conhecer um ao outro vai muito além de uma simples troca de olhar, é saber identificar o que o outro está dizendo, e desejando, com um simples gesto.

Invista em seu casamento, programe um passeio com ele, ou ela, elogie sempre que tiver uma oportunidade, conversem sobre as coisas do dia a dia, orem juntos pedindo a Deus muito amor e compreensão ao cônjuge, renovem suas alianças, resolvam as crises juntos com amor e Fé no Senhor. Invista no seu cônjuge, alegrem-se juntos, construam uma vida de alegria e parceria, a alegria deve fazer sempre parte da vida conjugal.

A Bíblia nos ensina que devemos ser fiéis à nossas esposas, tendo-a como fonte de prazer e alegria.

> Beba das águas da sua cisterna, das águas que brotam do seu próprio poço. Por que deixar que as suas fontes transbordem pelas ruas, e os teus ribeiros pelas praças? Que elas sejam exclusivamente suas, nunca repartidas com estranhos. Seja bendita a sua fonte! Alegre-se com a esposa da sua juventude. Gazela amorosa, corça graciosa; que os seios de sua esposa sempre o fartem de prazer, e sempre o embriaguem os carinhos dela. (Provérbios 5:15-19 NVI)

Esse conselho prático vem de Deus, para termos grande alegria e satisfação, com nosso cônjuge, beber do nosso manancial do nosso poço, que nesse contexto traz a mensagem de saciar a sede do prazer com a pessoa que é única e exclusivamente do cônjuge. Para que não venhamos a cair na tolice de querer de outros poços, outras mulheres dadas ao adultério e lábios venenosos. O Senhor está com essa mensagem determinando que seja nossa obrigação nos alegrarmos com aquilo que Ele nos dá.

> Meu filho, dê atenção à minha sabedoria, incline os ouvidos para perceber o meu discernimento. Assim você manterá o bom senso, e os seus lábios guardarão o conhecimento. Pois os lábios da mulher imoral destilam mel; sua voz é mais suave que o azeite, mas no final é amarga como fel, afiada como uma espada de dois gumes. Os seus pés descem para a morte; os seus passos conduzem diretamente para a sepultura. (Provérbios 5:1-5 NVI)

Permita que Deus seja não somente o grande idealizador do casamento, mas também aquele que oferece todo o entendimento, o amor e a sabedoria para a manutenção necessária de um casamento duradouro e feliz. Quando isso acontece no casamento, o casal é beneficiado não somente com um lar melhor, mas também com uma família feliz e próspera. Deus recebe glórias com um matrimônio centrado em Sua palavra.

Na vida conjugal, precisamos sempre cultivar alguns critérios práticos para uma boa manutenção do casamento. Um critério muito importante sempre é não deixar de cortejar a esposa, se esforce para ser um galanteador dedicado, abra a porta do carro para ela, segure a cadeira para ela se sentar e nunca deixe de dizer bom dia, boa noite, eu te amo. Você foi escolhido por Deus para cuidar bem dessa pessoa maravilhosa, não descuide do seu amor, elogie seu corpo todo, admire sua beleza, se deixe encantar com toda a sua formosura. Salomão em sua plena sabedoria já nos ensinava a ser um galanteador da esposa.

> Como és bela, minha amada, como és linda! Os teus olhos, por trás do teu véu, são viçosos como os olhos das jovens pombas de Israel. O teu cabelo é como um rebanho de cabras que vem descendo pelas colinas de Gileade.
>
> Teus dentes...um rebanho de ovelhas brancas tosquiadas subindo após o banho, cada qual com suas crias gêmeas e nenhuma delas está sem filhotes.
>
> Os teus lábios são como um fio vermelho e delicado e a tua boca é linda. As tuas faces são como metades de uma romã por trás do teu véu.
>
> O teu pescoço é como a torre de Davi, erguida como arsenal. Nela estão pendurados mil escudos de guerra, todos eles escudos que pertenceram a guerreiros heroicos.
>
> Teus seios são como dois filhotes de cervo, como crias gêmeas de uma gazela vigorosa e que repousam entre os lírios. (Cânticos 4:1-5 JFK).

Outro critério muito importante é guardar o seu coração, reserve nele um lugar bem especial onde mais ninguém possa entrar, e apenas sua esposa possa conhecer esse lugarzinho especial.

> Furtaste-me o coração, minha igual, minha noiva amada. Roubaste-me toda a alma com um simples olhar, com uma simples joia dos teus preciosos colares. (Cânticos 4:9 JFK).

Esteja apaixonado todo dia por sua esposa, mesmo com raiva ou zangado, esteja apaixonado por ela e, se achar que não está suficiente, apaixone-se de novo todos os dias. Mudanças acontecerão nos dois. Por isso vocês têm de se apaixonar de novo, sempre. Lute sempre para ganhar o amor dela da mesma maneira como fazia durante o namoro, compre flores, presentes, faça surpresa, fuja da rotina.

Para estar sempre em alta na paixão, o cônjuge deve sempre estar focado no melhor que o outro tem. Foquem-se naquilo que o seu cônjuge ama, e não no que lhe aborrece, e assim você se dará conta de que é a pessoa mais afortunada na Terra por ter um par tão abençoado e cheio de qualidades ao seu lado. Em um casamento em alta, não há espaço para críticas ásperas, não é sua função criticar seu cônjuge, nosso maior dever é amar acima de todas as coisas.

> Maridos, cada um de vós ame sua esposa e não a trate com grosseria. (Colossenses 3:9)

Ame seu cônjuge assim como ele é sem esperar que mude. E sem forçar a mudança que você tanto deseja, ame-o da mesma maneira. Construa um casamento em alta, apoiando sua esposa quando ela estiver triste ou doente, abrace-a e cuide dela com muito amor e carinho. Mostre que você é um esteio no qual ela sempre poderá se apoiar. Nunca fuja desses momentos.

Seu casamento estará sempre em alta se você ouvir sua esposa. Faça-a saber que você a escuta, que ela é importante para você.

Ria de si mesmo, seja tolerante com suas imperfeições e com as de seu cônjuge, ninguém é perfeito. Não leve tudo tão seriamente, ria e faça com que ela ria também, o riso faz as coisas ficarem mais fáceis.

Um dos pontos mais fortes para ter um casamento em alta é saber valorizar o outro, não há nada mais reconfortante que um reconhecimento. Valorize seu par. Identifique as maneiras que fazem sua esposa sentir-se apreciada e valorizada, um elogio sincero em reconhecimento pelo esforço, mesmo quando o almoço está atrasado ou sem sal, fortalece muito o relacionamento.

Mas se você for aquele tipo de homem assim como eu, que tem dificuldade em identificar as qualidades de uma pessoa, peça a ela para fazer uma relação com 10 coisas que a fazem sentir-se amada, memorize essa relação, aplique-a todos os dias na vida de sua esposa.

Uma coisa que tem mudado para melhor meu casamento é ter tempo para minha esposa, tente fazer isso, dê tempo de qualidade para sua parceira. Não dê apenas tempo, dê atenção, presentes e principalmente a sua vida à sua esposa. Na Bíblia diz: "Sendo assim, o marido deve amar sua esposa como ama o seu próprio corpo. Quem ama sua esposa, ama a si mesmo!" (Efésios 5:28).

> Exatamente, da mesma maneira, vós maridos, vivei com vossas esposas a vida cotidiana do lar, com sabedoria, proporcionando honra à mulher como parte mais frágil e co-herdeira do dom da graça da vida, de forma que não sejam interrompidas as vossas orações. O estilo de vida do cristão. (1 Pedro 3:7).

Trate sua esposa como se fosse a sua joia mais preciosa, que não pode ser perdida. Deixe que ela demonstre toda a sua beleza e seu brilho, trate-a com muito carinho e deixe-a perceber que pode confiar plenamente em você.

Não seja tolo, mas não tenha medo de ser um. Você vai cometer erros, mas cuide para que não sejam grandes demais e sempre procure aprender com eles. Não se trata de ser perfeito, mas de não ser tão estúpido.

Muitas vezes caímos no erro de esperar que apenas a esposa faça tudo no lar. Cuidar da casa, dos filhos, do almoço, da janta e do marido; isso sufoca qualquer pessoa e, com o passar dos anos, ela se torna uma pessoa com os nervos à flor da pele. Precisamos mudar essa realidade, devemos dar espaço para nossa esposa cuidar de si mesma. Elas se envolvem com tudo que podem até de si esquecerem de si, às vezes precisam que alguém as lembre que precisam de tempo para si mesmas, principalmente se têm filhos. É isso mesmo, marido, lembre sua esposa que ela precisa se cuidar, diga para ela tirar um dia de folga e mande ela para um salão, dê dinheiro para ela gastar com sua beleza, não deixe ela tirar de suas próprias economias, o marido deve investir em sua esposa. Depois convide ela para jantar fora em um bom restaurante, e garanta que será uma noite inesquecível para o casal. O casamento pega uma temperatura que eleva a união matrimonial fazendo-a viver uma alta explosiva.

Aproveitem o momento, pois a alta é da paixão.

TERAPIAS DE *Casais*

Ela é a minha alegria de toda manhã.

Casal Nerison e Djane, 14 anos de casados, dois filhos: Nayra e Calebe

Sorriam sempre

Essa dica parece não ter muito a ver com a intimidade de um casal, mas eu sei que nada une mais um casal do que compartilhar momentos de alegria. Priorize um tempo de qualidade com seu cônjuge, pegue um álbum de fotos antigas, contem histórias, relembrem os bons momentos que passaram juntos, e você verá o quanto a intimidade no seu casamento irá melhorar em todos os sentidos! Os problemas do dia a dia nos deixam muito sérios e muitas vezes preocupados, mas sorrir sempre faz bem! Por isso não fique sempre em casa só mexendo no computador ou vendo TV, mas quebre a rotina com seu cônjuge, inventem brincadeiras e momentos de descontração para que vocês se divirtam e fortaleçam a amizade.

Desejo muito que essas dicas melhorem a vida de vocês! Coloquem-nas em prática e nunca se esqueçam: o casamento foi feito para durar para sempre, e isso é possível quando ambos se comprometem em fazer o outro feliz!

DEPOIMENTOS

Josuel e Ariane

Como foi para nós participarmos das terapias de casais e o que mais nos marcou:

Para nós foi uma honra não só poder participar, mas também servir a Deus e a todos em cada terapia. Foi um privilégio enorme para nós termos participado de cada programação, de cada momento desde as orações, consagrações, ensaios, organizações etc.

É motivo de grande satisfação nós podermos ter desfrutado de cada ensinamento, testemunho de casais exemplares no Reino de Deus, principalmente nossos líderes de Ministério de Casais, pastor Ângelo e sua esposa Lívia, casal referência em nosso casamento.

O que mais nos marcou foi o conjunto da programação como um todo das terapias, mas em particular com as dinâmicas parecia que estávamos contando a história de muitos casais, o que de fato era a realidade de muitos. Então foi algo que nos marcou bastante em saber que de alguma forma ali, por meio das interpretações, das lições nós estávamos falando aos corações de cada casal, de como Deus deseja que tenhamos um casamento saudável e segundo o Seu coração.

Eu e minha esposa só temos que agradecer a Deus por esse privilégio, fomos muito ministrados também a partir das terapias. Acreditamos que depois de cada terapia o nosso casamento nunca mais foi o mesmo para glória de Deus. Temos crescido muito como esposo e esposa, como parceiros de vida principalmente, e mais ainda em como lidar com cada situação do dia a dia.

De coração nós agradecemos a Deus e a vocês, pastor Ângelo e Lívia, por investirem de todas as formas e se dedicarem tanto à vida

de muitos casais. Que a recompensa que vocês merecem venha dos céus, pois vocês foram escolhidos por Deus, e o Senhor os escolheu para fazerem a diferença. Deus os abençoe grandemente!
Beijos e abraços,

Josuel Martins e Ariane Martins

Dorival e Mônica

Vimo-nos pela primeira vez em 17 de junho de 1993, iniciamos uma amizade que foi evoluindo para um sentimento mais profundo. Em 29 de novembro do mesmo ano, tivemos nosso primeiro encontro e, a partir de então, o que era apenas amizade se transformou em compromisso de namoro. Daí em diante, nós travamos uma árdua batalha até chegar o dia do nosso casamento. Um forte sentimento nos unia, porém, as diferenças entre nós se tornaram obstáculos para que pudéssemos concretizar nosso sonho de ficarmos juntos para sempre.

Mônica: A primeira dificuldade surgiu em relação à minha família, que inicialmente não aceitou nosso relacionamento e, de maneira bem enfática, proibiu o namoro. Passamos por cerca de seis meses sem nos encontrarmos. Foi um sofrimento terrível, pois meu coração estava totalmente entregue a esse amor, e para não desobedecer ao meu pai, resolvi abrir mão de tudo. Meu pai argumentava: diferença de idade, Dorival mais velho 15 anos, viúvo e pai de cinco filhos. Eu, jovem com 23 anos, concluindo a faculdade, sem ter vivido nenhuma experiência amorosa.

Dorival: Nessa época eu trabalhava no Rio de Janeiro, onde morava há mais de 20 anos. Vinha a São Luís a cada seis meses para ver meus filhos, que moravam com a avó materna. Em uma dessas viagens, conheci a Mônica. Apesar da não aprovação do seu pai, eu não desisti. Continuei em oração e apresentei ao Senhor meu desejo de casar-se com essa pessoa que tanto pedi a Deus.

Após alguns meses, resolvemos lutar por nosso amor e juntos nós dois decidimos orar. Deus foi abençoando até que chegou o grande dia do nosso casamento em 29 de setembro de 1995. No ano seguinte, consegui vir trabalhar em São Luís e pude permanecer ao lado da minha família.

Passamos por muitas lutas, enfrentamos inúmeras dificuldades, mas Deus sempre esteve no centro da nossa união. Deu-nos força e sabedoria para criar nossos filhos. Lidamos com os conflitos que foram surgindo, afinal foram duas gerações. Os cinco primeiros e os três que foram frutos do nosso casamento: Andreza, Deborah e Davi (in memoriam). Para glória de Deus, conseguimos construir uma família sólida, servindo ao reino. Enfrentamos momentos de dor com o falecimento de dois filhos. Foram períodos extremamente difíceis pra nós, mas não desistimos de estar na presença do nosso Deus e de investir em nosso casamento. O Espírito Santo foi nos tratando, nos curando e restaurando nossos sonhos.

Em junho de 2019, viajamos para Fortaleza, onde participamos do ECC (Encontro de Casais com Cristo). Foi uma experiência extraordinária que contribuiu de maneira fenomenal para o fortalecimento do nosso relacionamento conjugal. A partir desse encontro, começou o desejo de nos envolvermos mais no Ministério de Casais. Antes, já ajudávamos esporadicamente, mas agora seria diferente. Assumimos um compromisso com Deus de trabalharmos para contribuir ativamente com esse Ministério e abençoar outros casais.

Foram várias programações de excelente qualidade, idealizadas pelo casal líder do Ministério, Pr. Ângelo Máximo e Pra. Lívia Maria. Ambos consolidaram o Ministério, envolvendo vários casais, e a cada programação o Senhor nos surpreendia com novas ideias e estratégias que iam atraindo cada vez uma maior quantidade de participantes. Uma série de programações foram elaboradas com muita dedicação, sempre primando pela excelência.

Iniciamos com as terapias do amor. Foram programações sensacionais. Cada terapia vinha recheada de surpresas maravilhosas, conteúdos muito bem elaborados que trouxeram crescimento e maturidade para o melhor convívio com nosso cônjuge. Em seguida, vieram as estações do amor. Uau! Essa foi demais. O Senhor nos surpreendeu ainda mais com tantos ensinamentos e testemunhos que nos edificaram sobremaneira. Aguardamos pelas histórias de casamentos com que muito em breve teremos a oportunidade de aprofundar ainda mais nosso aprendizado.

Participar das programações para casais foi algo que aconteceu em nossa vida para melhorar ainda mais nossa convivência diária. Apesar de tantos anos casados, já tendo passado por tantas experiências, isso não nos isenta das tentações, das fragilidades rotineiras, das dificuldades do dia a dia. Estamos casados há quase 25 anos, mas estamos aprendendo muito por meio desse Ministério. Às vezes conversamos em nossa casa e dizemos o quanto Deus nos ama. Já na maturidade nos dá o privilégio da convivência com casais mais jovens e aprender tanto com eles. (Somos o casal mais velho da equipe.) Que privilégio. O mais lindo ainda é que nos sentimos tão à vontade, tão leves e tão bem tratados por todos. Não imaginávamos que, após tantos anos juntos, depois de tanta luta e dor, o Senhor nos reservava momentos tão bons. Experiências tão profundas com o Espírito Santo por meio do Ministério de Casais.

Agradecemos a Deus por ter nos proporcionado aprendizados tão excelentes. Conhecimentos profundos sobre a arte de viver bem, permanecer casados e felizes para sempre. Isso é possível. Está acontecendo conosco.

Por isso não desanimamos. Embora exteriormente estejamos a desgastar-nos, interiormente estamos sendo renovados dia após dia, pois os nossos sofrimentos leves e momentâneos estão produzindo para nós uma glória eterna que pesa mais do que todos eles. Assim, fixamos os olhos, não naquilo que se vê, mas no que não se vê, pois o que se vê é transitório, mas o que não se vê é eterno (2 Coríntios 4.16 a 18).

Dorival de Jesus e Mônica Augusta

Marcos e Ceiça

Eu me chamo Marcos Veras, minha esposa se chama Ceiça Veras, somos cristãos há mais de 11 anos. Desde que conhecemos Jesus de forma íntima e verdadeira, temos buscado viver para ele e fazendo as obras do reino. Sempre fomos bem atuantes dentro dos trabalhos da igreja, inclusive nos trabalhos com casais. Falando sobre esse assunto, vamos compartilhar nossas experiências dentro desse tão vasto e rico Ministério.

Participar do Ministério de Casais sempre foi algo muito envolvente, é um ministério que nos ensina sobre muitas coisas e nos faz compartilhar muitas coisas.

Certo dia os nossos pastores do nosso Ministério de Casais nos chamaram para iniciarmos uma nova fase do Ministério, daríamos início a algo novo e bem estratégico para a vida do Ministério. Eles compartilharam projetos, novas ideias, estavam totalmente motivados, de modo que ficamos também super motivados. Então eles falaram sobre o tema chamado histórias de casamento, seria um tema amplo, em que todos nós poderíamos de alguma maneira compartilhar nossas experiências, nossos testemunhos. Então nos preparamos, traçamos as estratégias e fomos desenvolvendo as programações e tudo começou a fluir. Sabíamos que tudo que estava acontecendo não era simplesmente capacidade nossa, havia algo maior em tudo isso, Deus era e foi o maior responsável por essa nova fase do Ministério. Não que ele não estivesse nos trabalhos anteriores, sempre esteve, porém ele queria muito mais para a vida dos casais da nossa igreja e da nossa cidade. Como sempre soubemos que Deus sempre foi nosso maior instrutor, passamos a pedir ainda mais sabedoria, segurança, que retirasse de nós toda timidez quando estivéssemos apresentando nossos trabalhos. A cada programação, os trabalhos foram conquistando os casais, eu e minha esposa fomos aprendendo que o segredo de tudo isso é sermos casais que se amam como pela primeira vez, quando tudo se iniciou, o quanto era importante falar sobre todos os assuntos, sonhar juntos, fazer planos juntos, expressar os sentimentos um com o outro. Percebe-

mos que todas as coisas eram mais simples do que imaginávamos, os casais precisavam ser orientados e ensinados sobre tudo isso. Minha esposa é uma mulher incrível, ela tem uma visão bem apurada das coisas, tem uma sensibilidade fantástica, ela sempre enfatizando: "vamos pedir para o Senhor sabedoria", de fato sempre somos surpreendidos pelo Senhor. As participações de todos do Ministério têm sido legais, minha esposa atuando como atriz é sensacional, todas as peças são retratadas em histórias reais do cotidiano. Ao término de cada Programação, os casais se dirigem aos membros do Ministério e compartilham suas observações a respeito do que aprenderam, e do que pretendem fazer diferente em seus relacionamentos. Como testemunho de tudo isso, eu e minha esposa passamos a ter um convívio melhor dentro da nossa casa. Um dos pontos que valorizamos foi o diálogo, passamos a conversar mais, passamos a planejar mais, vimos novos alvos sendo revelados a nós por meio de Deus, a nossa casa ficou mais cheia da presença do Senhor. Foi tão importante para o nosso avanço como casal, que hoje cuidamos de muitas pessoas, ensinando a elas o quanto o Senhor Jesus é capaz de fazer em nossas vidas quando permitimos. Nossos momentos em família são ótimos e prazerosos, preservamos o momento de estarmos juntos à mesa, os momentos para nos divertirmos com nossa filha, participar dos eventos estudantis, passamos a fazer muitas coisas juntos. O plano de Deus é incrível em nossas vidas; de repente, quando fomos chamados para participar da nova fase do Ministério, poderíamos achar que só tínhamos a ensinar aos outros, mas Deus estava trazendo para nós os valores familiares e espirituais. O segredo do nosso sucesso não está simplesmente nas coisas que almejamos conquistar, mas, sim, nos detalhes que Deus vai nos entregar, o Senhor é rico em detalhes. São esses detalhes, por mais simples que sejam, que vão mudar o rumo da sua história para sempre. A vida com Jesus nunca mais será a mesma, porque a vida com Ele é boa em todos os sentidos, eu e minha família servimos ao Senhor (Josué 24.15).

Marcos Veras e Ceiça Veras

Marksoel e Ivanilde

PRIMEIRO ATO

"Os sonhos de Deus são maiores do que os nossos..."

Antes de entrar para o Ministério de Casais, eu fazia parte do Ministério de Teatro da Igreja, mas, por me envolver demais com o Ministério de Casais e ter a certeza de que era lá que Deus me queria e a minha esposa, acabei deixando do Teatros Gerados pra Adorar. Pra mim foi de maior importância a presença de minha esposa comigo fazendo Teatro para Casais. Porque nós sabíamos que Deus nos queria ali no Ministério. Mas com Teatro isso não passaria em nossas cabeças, principalmente na Dela.

E rolou o convite de nós fazermos uma pequena peça (esquete/pequeno ato/duólogo), pensei que não iria dar certo (pois a mulher estava muito nervosa), pensei errado, pois deu certo. Porque os Planos de Deus são maiores do que os nossos. E hoje nós temos a graça de Deus que nos levou a outras igrejas com o Ministério de Casais. Minha esposa, que tinha e até hoje tem dificuldades de falar em público e falar alto (até em cena às vezes tenho que gritar: "fala alto, mulher"), Deus mostrou Misericórdia e soltou a língua dela e mandou a vergonha pro mar do esquecimento acorrentada numa enorme pedra.

SEGUNDO ATO

Como disse, começamos com o pé esquerdo (explico isso mais adiante), sem muita intenção, para somar com o grupo já existente, pois eles já tinham uma trajetória na igreja e no Ministério (ECC, eventos, cultos para casais etc.). E as coisas foram mudando, nós (eu e a esposa) fomos chamados para essa experiência, fazer um diferencial em relação ao que já tinha sido feito. E esse diferencial para nós especificamente foi por meio do Teatro, "Peça" de Teatro para

Casais, Novos Temas, Novos Cenários e Decorações...e que hoje é uma referência para muitos casais da nossa Igreja e de outras também.

Não que sejamos os destaques no teatro, que eu e minha esposa sejamos fulminados por Deus se pensarmos assim (ela primeiro, ok! kkkk), pois o destaque maior é o nosso Deus Altíssimo e a mensagem para os casais.

E a coisa foi tomando forma como uma bola de neve descendo a montanha (disse descendo, pois nunca quisermos subir, entende?), de pequeninha a bola foi descendo e crescendo, descendo e crescendo...

Lembra que disse que começamos com o pé esquerdo? Pra muitos isso não é bom, mas para nós foi ótimo, pois nossa primeira apresentação foi a tentativa de colocar o tênis no pé dela "esquerdo", detrás de um pano, falando e fingindo gemidos e outras coisas... (kkkk) Foi legal (as pessoas pensaram até bobagem).

Depois disso vieram outras programações, "no Divã e na Enfermaria", em que o casal Veras e Ceiça entraram conosco nessa empreitada do teatro. Foi muito gratificante e enriquecedor para mim e minha esposa ter esse casal fantástico conosco, e também tivemos a participação do Pastor Ângelo e da Pastora Lívia na peça de Teatro Mudo, preto e branco. Foi abençoador e edificante.

Tudo foi feito com muita criatividade. Falando nisso: os painéis e as decorações, que também fizemos parte, ficaram cada vez mais criativos e desafiadores. As ideias muitas vezes partiam de minha esposa e sua experiência com o meio gráfico/propaganda e arte. E eu e as meninas da decoração, que eram muito criativas... Parabéns às meninas!

Cada tema falava por si, cada um com sua particularidade.

Que Deus nos abençoe e nos guarde!

Marksoel Ribeiro e Ivanilde Ribeiro

ÂNGELO E LÍVIA

É muito gratificante trabalhar com casais, atender a esse chamado tão forte que arde em nosso peito, somos apaixonados pelo que fazemos, e uma das nossas maiores motivações é ver casamentos felizes, fortes e consolidados. Para nós uma boa dose de amor, alegria e muita dedicação são o suficiente para ter uma vida maravilhosa ao lado do seu amor. Ter uma parceria tão forte é o reflexo de um casamento feliz, além da própria felicidade, também é fortalecido nos momentos de desafios que são enfrentados pelo casal unido. A vida tem nos ensinado que um amor verdadeiro é forte o suficiente para vencer qualquer obstáculo, ultrapassando tempo, espaço e razão.

O que mais nos tem marcado neste Ministério é o envolvimento e participação dos nossos discípulos. Em particular quero destacar Marksoel e Ivanilde, discípulos queridos que sempre estiveram conosco, trazendo sempre ótimas idéias e um teatro incomparável. Como ele fala, "a coisa foi tomando forma como uma bola de neve descendo a montanha". Foi muito maravilhoso ver em cada cena uma surpresa, uma realidade na vida de muitos casais.

Somos muito felizes pela vida de Josuel e Ariane, um casal de discípulos muito dedicados com muitas dinâmicas que envolvem a todos, lincando sempre o teatro com a dinâmica e ministração, fazendo um conjunto da programação como um todo nas terapias, as dinâmicas pareciam que estávamos contando a história de muitos casais, a realidade de muitos. Isso tem mudado nosso jeito de começar nossas programações, tem quebrado o gelo e feito com que os casais mais acanhados se soltem da timidez.

Nesse trabalho também contamos com parceria incansável do casal Dorival e Mônica, que, depois de 25 anos de casados, já tendo passado por tantas experiências, sempre vêm abrilhantar as programações de casais, com seu jeito carioca de falar e uma intimidade ímpar, esse casal tem marcado todos que participam. Como eles falam, "isso não nos isenta das tentações, das fragilidades rotineiras, das dificuldades do dia a dia". Mas é algo que serve para nos abrir os olhos e viver mais em Deus e na unidade do casamento.

Contamos também com o casal Marcos e Ceiça, com sua valiosa presença em todas as áreas; seja no teatro, nas dinâmicas ou nas ministrações, eles sempre surpreendem, são imbatíveis, incansáveis e muito determinados em tudo; sempre com ótimas ideias e muita oração, eles estão sempre dispostos a ajudar.

As programações também são marcantes por causa de uma equipe que sempre se desdobra pra fazer o melhor nas ornamentações, Wanderline, Djane e Elen Batalha são extraordinárias, têm feito do pouco recurso algo surpreendente, fico maravilhado com tanto capricho, que muitas vezes entram pela madrugada e no dia seguinte estão sempre presentes, não temos palavras para tamanha dedicação.

Todos dizem que amigos são a família que podemos escolher, e ainda que essa afirmação venha a ter alguma verdade, eu acredito que é Deus quem coloca essa "família" no nosso caminho. Conosco Deus foi divinamente maravilhoso, pois só colocou pessoas maravilhosas em minha vida, e a melhor equipe que temos nesse Ministério, uma família extraordinariamente surpreendente. Obrigado ao nosso Pai Eterno por tamanha bênção.

Amigos qualquer pessoa pode ter, mas amigos tão extraordinários e cheios de Deus quanto os nossos, só nós temos. Amamos de todo o coração cada um deles, e por cada um Lhe agradeço, meu Deus, meu Pai, meu discipulador, meu conselheiro e principalmente meu primeiro e verdadeiro Amigo!

Ângelo Máximo e Lívia Rodrigues